品味美丽的神话，重游神秘的时空，学习人生的智慧，了解自然的伟大和艺术的魅力。

精品中的精品

世界50大神话

作者:(韩)金淑姬　　绘图:(韩)金世温　　翻译:金向德

九州出版社 JIUZHOUPRESS | 全国百佳图书出版单位

前言

任何民族的历史都是从神话开始的。当人们无法用科学来解答天和地形成的原因，无法解答人类的祖先是谁时，就用神话来说明。通过神话我们可以学习大自然的奥妙和谦逊，可以学习人类的历史和古人的智慧。因此，人们从神话中得到启发，发展文学和艺术，在历史面临重大抉择时，从神话中吸取教训。

本书精心挑选了世界各地具有代表性的50篇神话。也许会有人说，在科学的时代，需要什么荒唐的神话呢？但是，编写本书的目的不是让读

者相信神话，按照神话去办事，而是让读者通过了解人类遗留下来的伟大的文化遗产，去学习人生的智慧，去感受自然的伟大和艺术的魅力。不过为了让小朋友们更容易理解，本书对神话进行了编辑，因此，某些地方会没有完全表达出全意。希望小朋友们读完此书，长大以后，再去读长篇的原版的神话，感受神话的真正意蕴。

作者：(韩)金淑姬

目录

1 古代朝鲜 古代朝鲜的第一任君主 檀君 2

2 古代朝鲜 建立高句丽的 朱蒙 6

3 古代朝鲜 新罗和朴氏的始祖 朴赫居世 10

4 古代朝鲜 建立伽倻的金海金氏的始祖 金首露王 14

5 古代朝鲜 济州岛祖先的诞生地 三姓穴 18

6 希腊 奥林匹斯最权威的神 宙斯 20

7 希腊 人类的创造者和最初的女性 普罗米修斯和潘多拉 26

8 希腊 啊！父亲，太阳马车 法厄同 30

9 希腊 天才音乐家对妻子的深情 俄耳甫斯 34

10 希腊 射箭之神和变成树的精灵 阿波罗和达芙妮 38

11 希腊 持有黄金之手的王 米达斯 42

12 希腊 变成星星的巨人猎手 奥赖温 46

13 希腊 至美女神和变成海葵的青年 阿佛洛狄忒和阿多尼斯 50

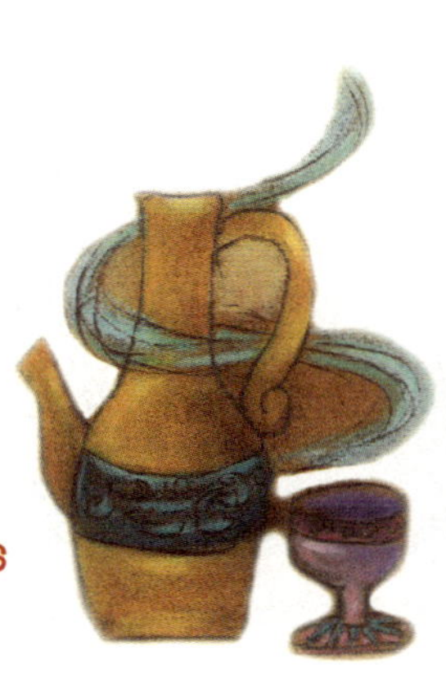

14 希腊 永远滚动巨石的男子

西西弗斯 54

15 希腊 变成回声的仙女和变成水仙花的青年

厄科和纳西塞斯 58

16 希腊 感动了宙斯的人 丘比特和波西卡 62

17 希腊 处置美杜莎的英雄 珀尔修斯 68

18 希腊 珀尔修斯的妻子 安德洛墨达 72

19 希腊 建造迷宫的建筑师和他的儿子 代达罗斯和伊卡洛斯 76

20 希腊 从迷宫里逃出来的英雄 忒修斯 80

21 希腊 至尊英雄 赫拉克勒斯 84

22 希腊 酒神 狄俄尼索斯 88

23 希腊 娶了自己母亲的 俄狄浦斯 92

24 希腊 为了美女的战争 特洛伊战争 96

25 希腊 啊！即将灭亡的特洛伊

特洛伊木马 100

26 中国 每天都长十尺的 盘古 104

27 中国 暴风雨神的惩罚 洪水 108

28 中国 制造穷人和富人的 女娲 112

29 中国 农业、医药、乐师之神 神农 116

30 中国 西方天神 少昊 119

31 中国 活到800岁的 彭祖 123

32 中国 仰望四方的 黄帝 126

33 中国 想成为最高统治者的 蚩尤 130

34 中国 变成虫子的少女 蚕 134

35 日本 掌管出生与死亡的 伊耶那岐和伊耶那美 137

36 印度 孤独的 梵天 141

37 印度 维护宇宙的 毗湿奴 143

38 印度 消除悲伤和恐惧的 索玛 146

39 印度 观察万物的 因陀罗 148

40 波斯 善良的智慧之神与死神

阿胡拉马兹达与阿里曼 152

41 埃及 埃及的太阳神 拉 156

42 埃及 太阳神拉的孙子 奥西里斯 160

43 埃及 成为万物之母的女神 伊西丝 164

44 欧洲 北欧神话中的诸神之王 奥丁 169

45 欧洲 奥丁的儿子 巴尔德尔 173

46 欧洲 成为不死之神的英雄 齐格弗里德 176

47 美洲 富人与穷人的命运 黄金人与肉人 182

48 美洲 爱上晨星的女人 羽毛之女 186

49 美洲 人类的欲望打破了和平 药是如何诞生的 190

50 非洲 从冥界回来的少女 马拉维 193

古代朝鲜的第一任君主

檀君

很久很久以前，天神桓因的儿子桓雄，从天上俯瞰人间，觉得人间是如此的美丽。

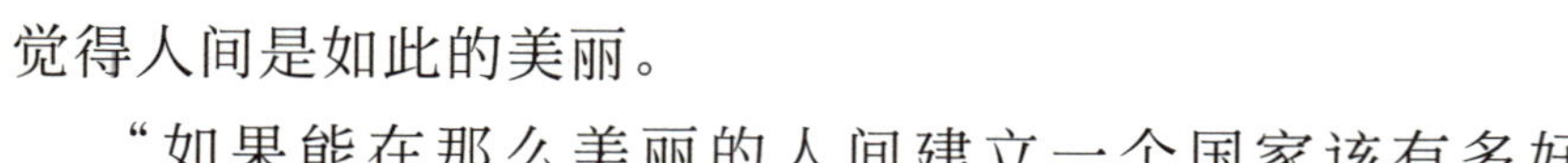

“如果能在那么美丽的人间建立一个国家该有多好哇……”

桓雄每天都在思索着开国立业的事情。看到儿子如此的苦恼，君主桓因对儿子说：

“桓雄，你为什么每天都在俯视人间呢？”

“人间很美丽，我希望能在那里建立一个国家。”

“呵呵，你意如此，那我就授你天符印3个，你就去人间看看吧。”

“是，父亲，谢谢您。”

桓雄拿着父亲给的3个天符印后，同3000名随从一起来到了人间。

3个天符印即刀、镜子和种子，这些都是神界用来治理国家的重要工具。

桓雄降临在太白山山坡上的一棵神圣的檀香树附近。他在那里建立了神城。他任命了3位大臣分别掌管雨、云和风，并一同治理国家。

他还教臣民学习耕作、医药，等等，并让臣民学会了辨认善恶。这一系列的举措，使人间呈现一片平和安详的景象。

当时有一熊一虎，看到桓雄很有本事，就找他说：

"桓雄大人，求求您把我们变成人吧。"

"我们也想变成人，在神城里生活。"

"想变成人？这个很困难哪……你们能办得到吗？"

"只要能变成人，我们什么困难都能克服。"

"那么，我就给你们一头大蒜和一支艾蒿吧。你们吃下这些东西，百日之内不要见日光，如能做到，便可变成人。"

"好的，谢谢大人。"

熊和虎将蒜和艾蒿吃下，回到了漆黑的洞中。

"哇，好辣呀。"

"哇，好苦哇。"

"那也得忍耐啊，只有这样才能变成人吧？"

"嗯，当然了。"

熊和虎在漆黑的山洞里忍受着痛苦，等待着变成人类的那一天。

可是性急的虎耐不住煎熬了。

"哎哟，好痛苦哇。哎哟，好饿呀！我真是吃不动这些东西了。我不想成为人类了。我只想吃肉，哼！"

虎不久便出了山洞，熊则耐心地等待着。过了20天，熊身上的毛渐渐退去，最终它变成了一个美貌的女子。

“妈呀，我真的变成人了！”

熊高高兴兴地去了神城。

“是你的真诚感动了上天。”

桓雄十分高兴，并娶熊女（熊变成的女子）做了自己的妻子。

不久，熊女生下了一个可爱的男婴，这个孩子长大后，建立了朝鲜民族历史上第一个国家，并成为第一任君主，他就是檀君王俭。

马尼山 参星坛
檀君为百姓祭天的地方

檀君王俭于公元前2333年，在阿斯达（今平壤）建立了“朝鲜国”，并以利国利民的“弘益人间”精神治理国家，统治了1500年才退位。此后，他隐居深山，成了山神，活到了1908岁。

故事里的故事

古代朝鲜的八条法禁

古代朝鲜以八条法禁治理国家，现在传下来的只有其中三条。

- 杀人者死。
- 伤人者以谷物赔偿。
- 盗窃者充做奴隶。

檀君 王俭

建立高句丽的
朱蒙

有一天，守护松花江的水神河伯的3个女儿在熊心渊洗澡，突然有一个男子出现并对她们说：

“你们3个有谁想成为我的王妃呢？”

“哼，怎么会有这么荒唐的事，有谁会嫁给初次见面的人。”

不过，她们3人中名叫柳花的女子，却怀上了那个男子的孩子。知道这件事的河伯非常生气，他把柳花赶出了家门，并找到了那个男子。

“是不是你把我水神河伯的女儿糟蹋了？你到底是什么人！”

看到怒气冲天的河伯，那个男子立即变成了一只小鹿匆忙地逃跑了，河伯变成了一只老虎去追逐小鹿，男子就又变成了水獭，跳入水中。

河伯继续追赶，男子上岸后，又变成了一只豹子。此后，河伯又变成老鹰去追逐变成山鸡的男子……

就这样一直不停地变来变去，男子的法术比河伯的法术还高。

“嗯，看来你是天上的王族啊。”

河伯知道了他就是天帝的儿子解慕漱后，便放过了他。

但是，被赶出家门的柳花，无处可去，站在太白山南侧的优渤水畔发呆。就在此时，经过此地的东扶余的金蛙王把她带回了自己的宫殿。

高句丽的古墓壁画

展现当时高句丽人日常生活的“舞蹈图”（上）和展现高句丽人勇猛气焰的“狩猎图”（下）

金蛙王虽然把柳花带到了宫殿，但是他觉得柳花身怀怪胎，于是就把她关了起来。后来，天上突然出现了一道光芒，一直照着柳花，不管柳花怎么躲，光芒都跟着她。

不久后，柳花产下了一个令人惊奇的巨大的蛋。

“人怎么会生蛋呢，快把那蛋扔到猪舍里去！”

金蛙王命人把蛋扔进了猪舍，可猪都不敢吃那个蛋。

“把它扔到大街上。”

可是，手下人把蛋扔到牛马很多的大街上后，那些家畜都不敢靠近它。

最后将蛋扔到了荒野，可是那些鸟儿和动物们都来保护那个蛋。无论金蛙王的手下使用什么方法，甚至用刀砍，也弄不破那个蛋。

“这可真是神奇呀，还是把蛋还给柳花夫人吧。”

柳花用被子把蛋包裹得严严实实，不久，蛋壳就裂开了，从里面出来了一个可爱的男婴。孩子逐渐长大了，也很聪明，最突出的特长是射箭。他的箭射得很准，可以说是百发百中，所以，人们都叫他朱蒙(射箭好的人)。

金蛙王的第七个儿子看到朱蒙如此聪明，生怕自己的王位不保，于是，就想法要除掉他。

“快去逃命吧！”母亲对朱蒙说。

朱蒙遵从母命，带领3个下人，逃出了东扶余，一直向南逃去。

金蛙王的儿子率领军队追赶朱蒙。不久，朱蒙逃到了叫做淹滞水（淹湖）的地方。湖水阻挡了去路。

“我是天帝之子解慕漱的儿子，也是水神河伯的外孙。现在有追兵正在追赶我，河水阻挡了我的去路，这该如何是好？”

朱蒙大声地对着湖水喊。

于是湖里的鱼和鳖说：“是河伯的外孙？那应该帮帮他。”鱼和鳖马上搭起了一座浮桥，朱蒙过河后，鱼和鳖突然消失，追兵无法渡过河去，只好作罢。

朱蒙渡过河后，来到了叫做毛屯谷的地方，建立了高句丽，成了王（东明圣王）。此后，过了19年零9个月，升了天。

故事里的故事

朱蒙和琉璃

朱蒙在逃离金蛙王的东扶余之前，他的妻子礼氏夫人已经怀孕了。朱蒙给妻子留下了这样的一段话，“如果我们的儿子长大后找父亲，你就让他把藏在第七个山脉，第七个山谷，第七个墓地旁的松树下的东西带过来。”不久，朱蒙的儿子琉璃长大成人，带着父亲藏的断剑，找到了父亲。此后，他继任了王位，成为高句丽第二代君主“琉璃明王”。

新罗和朴氏的始祖

朴赫居世

古时候，在东海沿岸，从天而降的谒(yè)平、苏伐都利、俱礼马、智伯虎、只他、虎珍6位神仙各自建立了部落。

后来，建立杨山村的谒平成了李氏的始祖；建立高墟村的苏伐都利成了崔氏的始祖；建立大树村的俱礼马成了孙氏的始祖；建立珍支村的智伯虎成了郑氏的始祖；建立加利村的只他成了裴氏的始祖；建立高耶村的虎珍成了薛氏的始祖。

他们希望能有一位杰出的领导者出现，来领导他们越来越壮大的部落。有一天，他们聚在阏川向上天祈祷。

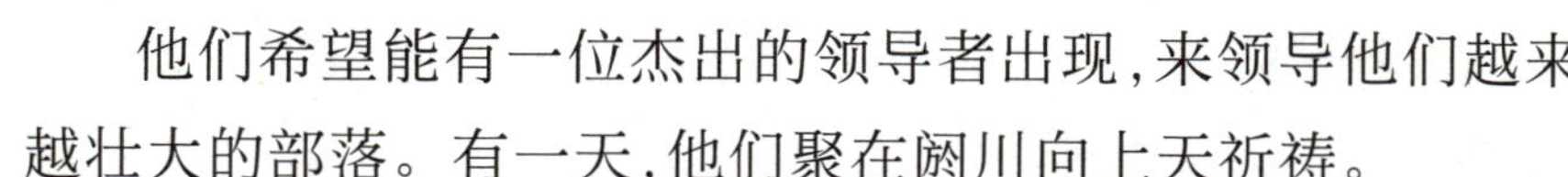

“请赐给我们能领导六大部落的君主吧……”

他们真诚的祈祷感动了上天，突然，从一口叫做萝井的水井里闪出了一道奇怪的光芒。

“真是神奇的光啊！快去看看吧。”

庆州南山的萝井

朴赫居世的诞生地，还有他洗过澡的小泉。

这6个人刚到那个地方，就看见一匹白马站在一个像葫芦瓢一样的紫色大蛋前面，好像在对他们说，它的任务完成了。之后惊叫一声，飞上了天空。

“那个蛋可能是上天赐给我们的，快打碎看看吧。”

6个人打碎了蛋，结果出现了一个可爱的男婴。他们把孩子抱到了东边的小泉，给他洗了个澡，孩子的身上光芒四射。此时，周围的鸟儿和家畜们都高兴地跳起了舞蹈，天地震动，日月增辉。

“这个孩子肯定是上天赐给我们的君主。”

6个人十分高兴,他们小心翼翼地把孩子抱回了部落。

此时,在一口做阏英的井边也发生了一件奇怪的事情。

一条龙从天而降,生下了一个女婴。孩子非常可爱,不过她的嘴长得跟鸟的嘴一样。

“嘴要是不这样该多好啊,真可惜……”

人们把她抱到了北川小溪边,给她洗了个澡,结果她的鸟嘴就消失了。

“真是好可爱啊……这孩子肯定是上天赐给君主的。”

6个人在南山脚下建了房子,真诚地养育两个孩子。

男婴是从一个像葫芦瓢一样的蛋里诞生的，所以姓朴；出生时光芒四射，所以名叫弗矩内或者叫赫居世。女婴是在阏英井诞生的，所以叫阏英。

朴赫居世13岁时，那6个人请他做了君主，他就是新罗的第一个王。在他成为君主的第五年春天，封阏英为王妃。

朴赫居世在建国61周年的时候，飞到了天上，后来全身分成了五块儿掉了下来。人们找到了掉下来的尸体，想把五个部分埋葬在一起，可出现了一条大蟒蛇，阻止了他们，所以，他们只好分别埋葬了五个部分。后人把分别埋葬这五个部分的五个坟墓叫做“五陵”。又因为是蛇阻止了他们，所以也叫“蛇陵”。

故事里的故事

什么是卵生神话？

正如像高句丽的朱蒙和新罗的朴赫居世那样，从卵里诞生的民族神话叫做“卵生神话”。神话里的主人公之所以从卵里诞生，是因为要强调这是上天的意思，要强调他的伟大和超人的能力。

韩国庆州五陵(蛇陵)

建立伽倻的金海金氏的始祖

金首露王

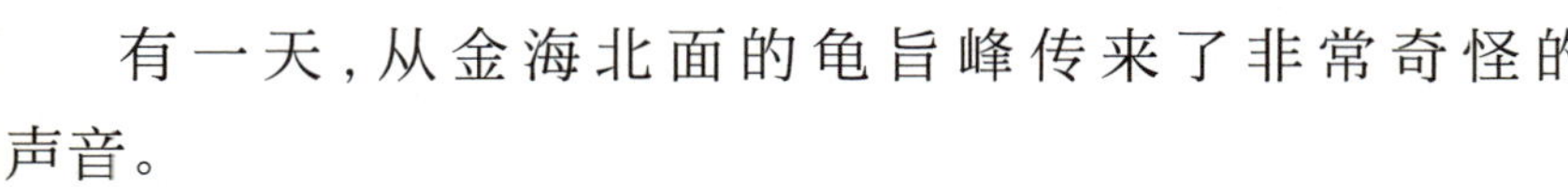

有一天，从金海北面的龟旨峰传来了非常奇怪的声音。

“请问这里有人吗？”

人们爬上了龟旨峰。可那里什么人也没有，只是传来了声音。

“这里是哪里？”

“这里是龟旨峰。”

“我是来此地建立国家，治理人民的君主。你们要一边跳舞，一边唱‘乌龟啊，乌龟/快把头伸出来/要不伸头就把你烤了吃掉’。这是迎接大王的喜悦的歌。”

人们就按照指示一边唱歌一边跳起了舞蹈。过了一会儿，从天上降下了一条紫色的绳子，绳子上系着一个红色的箱子。

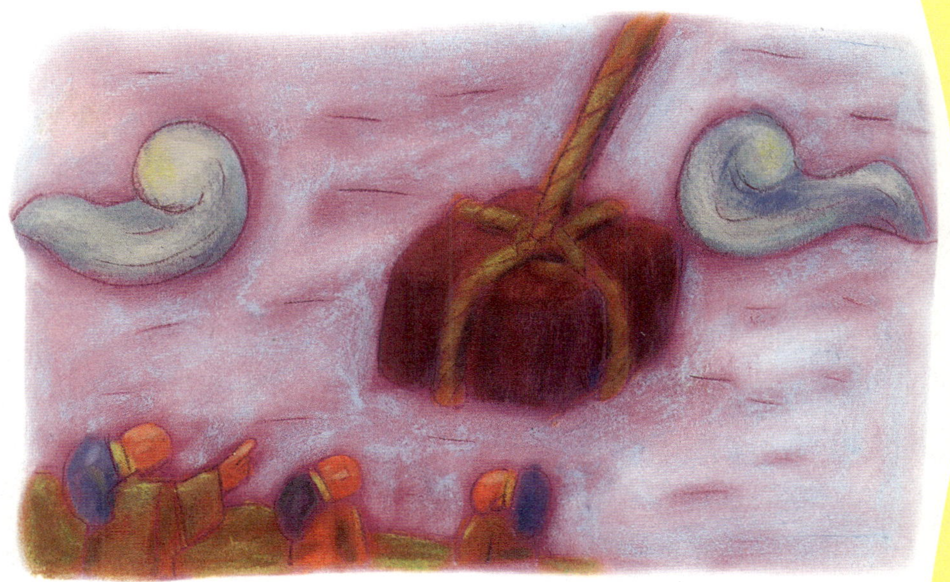

人们打开了那个箱子，里面装着6个像太阳一样闪闪发光的黄金蛋。

人们既感到惊奇又感到喜悦，立即给黄金蛋行礼，然后把它们带到了首领那里。

过了12天，人们重新打开了箱子，6个黄金蛋变成了6个可爱的男婴。

6个孩子分别在龟旨峰下的6个部落里当了君主，那些部落被叫做“伽罗”或者“伽倻”。

就这样，形成了金官伽倻、阿罗伽倻、古宁伽倻、大伽倻、星山伽倻、小伽倻等6个伽倻。

伽倻君主们的首领是金官伽倻的金首露王。

有一天，金首露王命令部下留天干去芒山岛，命令另一个部下神鬼干去胜则等候。

两名部下按照王的指示去了目的地，不久，南部海域上出现了一艘豪华的船。

留天干命令部下点燃了火烛。船看到了他们点燃的火光后,就向他们行驶过来。神鬼干快马加鞭地赶回去向国王报告了此事。

“乘坐那艘船来的人中,有即将成为王妃的人,大臣们快去迎接吧。”金首露王命令到。

按照国王的命令,大臣们都来到了海边。此时,从船上走出来一位美如天仙的女子。

“我们是金首露王的部下,王正等着您呢。”

“我们这是初次见面,我怎能相信你们呢?”

那位女子的部下说。

留天干及部下们只好把此事禀报给金首露王。

“是啊,她怎么能相信初次见面的人呢。”

金首露王只好亲自去迎接了那位女子。

庆南金海市金首露王陵墓

那位女子下了船，把自己身上的丝绸祭祀给了土地神。然后，带领部下去了金首露王已经安排好的寝宫。

“小女是从一个遥远的国家来的许黄玉公主。我的父皇做了个梦，梦见天帝对他说，伽倻国的金首露王至今还没有配偶，希望能派自己的女儿来做这里的王妃。所以，父皇虽不清楚伽倻国在何方，但他相信这既然是上天的意思，那上天一定自有安排，一定能够让我抵达伽倻国，见到金首露王。”

“我已经知道公主会从遥远的国度来到此地。”

金首露王高兴地封了许黄玉为王妃。

故事里的故事

伽倻与许黄玉

伽倻的骑马人物陶器

金首露王的异国王妃究竟是何许人也？有说是来自日本或者印度，也有说法是来自中国。

20世纪90年代初期，研究许黄玉的韩国著名学者金秉模教授在中国的四川省安岳县找到了这个秘窖——安岳古称“普州”，并且，在安岳县瑞云乡的许家坝，中韩学者找到了唯一与许黄玉陵墓中的“双鱼纹”完全吻合的图案。虽然史学界还没有最后的定论，但是中国安岳县人和韩国金海市人却频繁地以亲戚的身份走动了。

三姓穴前的石头雕像

很久以前，济州岛还没有出现人迹的时候，在汉拿山北侧的毛兴窟里出现了姓氏分别为良(梁)、高、夫的三个人。他们分别叫做良(梁)乙那、高乙那、夫乙那。他们用动物的毛皮做衣服，捕鱼维持生计。

有一天，他们来到了东海岸，在那里发现了一个漂浮在海上的小木箱。

“那是什么东西？”

三个人打开了那个木箱，里面有一个用石头做成的盒子，石盒子的旁边还有穿着红色和紫色衣服的侍从。

良(梁)乙那、高乙那、夫乙那在侍从的帮助下，打开了那个石盒。

三姓穴
济州岛人祖先的降生地

石盒里有穿着绿衣服的三位女子和一些侍女，一头牛和一匹马，还有五谷种子。

“你们是谁？那个石盒里的人又是谁？”

侍从中的一个人恭敬地回答说：

“我是东方碧浪国的使者。我们的国王对我们说，‘在西海的一个岛屿上，降生了神的三个儿子，他们正要建立国家，可是还没有配偶，就把我的三个公主嫁给他们吧。’希望你们能迎接我们的公主，建国立业，幸福地生活。”交代完，侍从、侍女们就乘云消失了。

三个人各自挑选了一位公主。

“现在，我们都已经娶了妻子，就各自建立国家去吧。”

三个人用射箭的方式，各自分得了领地，建立了国家。他们把公主们带来的五谷种子播种在地里，饲养了牛和马，从此过上了幸福的生活。

他们就是济州岛人的祖先。所以，现在济州岛上姓良（梁）、姓高、姓夫的人很多，三位神的降生地三姓穴如今也依然存在。

宙斯

希腊神话中，最早出现的神是乌拉诺斯。

乌拉诺斯的妻子盖娅生了十二大提坦(泰坦)巨神，还生了独眼巨人基克洛普斯和百臂巨神赫卡同刻伊瑞斯。

乌拉诺斯看到这些可怕的孩子后，把基克洛普斯和赫卡同刻伊瑞斯绑了起来，送回了妻子盖娅的肚子里，并把他们一同关在了地底下。

面对乌拉诺斯的行为，盖娅非常生气，她为了报仇召集了提坦，并对他们说：

“可爱的孩子们，你们谁能去向你们的父亲乌拉诺斯复仇呢。有这种勇气的可以代替你们的父亲成为众神之王。”

听到母亲的话，提坦们都很震惊，这时，有一个提坦站起来说：

“我能做到。”

他就是提坦中年龄最小，可最有智慧的克洛诺斯。

被儿子杀害的乌拉诺斯，临死前留下了这样的诅咒。

“你也将会被你的儿子杀害的。”

后来，克洛诺斯接替了父亲的位置，成为众神之王。

但是，他怕父亲留下的诅咒会成为现实，于是就把妻子瑞亚所生的孩子统统都给吃掉了。

赫斯提、哈得斯、赫拉、得墨忒耳、波塞冬等孩子都被吃掉了。再次怀孕的瑞亚生怕丈夫又吃掉孩子，于是躲到一个荒岛上生下了孩子，这个孩子就是宙斯。

瑞亚把宙斯放到了橄榄树上后，用被子包了一个大石头回到了王宫。刚从午睡中醒来的克洛诺斯一看妻子又抱着东西回来了，心想肯定是又生了孩子，他看都不看就把妻子抱着的东西吞了下去。

留在荒岛上的宙斯，在勇敢的圣灵克雷斯的保护下，喝着山羊的奶长大了。

法国画家雷东的《独眼巨人》
这是以希腊神话里的独眼巨人基克洛普斯为主题的画。

奥林匹斯12主神

希腊神话名	罗马神话名	主司
宙斯	朱庇特	天空和雷电
赫拉	朱诺	婚姻和生育
波塞冬	尼普顿	海洋和风浪
雅典娜	密涅瓦	智慧和胜利
赫里阿斯	阿波罗	太阳、音乐和医药等
阿耳忒弥斯	狄安娜	狩猎和处女
阿瑞斯	马尔斯	战争和破坏
赫菲斯托斯	付尔甘	火和技术
阿佛洛狄忒	维纳斯	爱与美
赫耳墨斯	墨丘利	商业、偷窥、交通等
赫斯提	维斯太	家事和厨房
狄俄尼索斯	巴克科斯	葡萄酒和演剧
得墨忒耳	色列斯	谷物和丰饶
哈得斯	普路托	地狱和死亡

备注：赫斯提为了与凡人一起生活，把她的主神位置让了给狄俄尼索斯；得墨忒耳有半年的时间为了要与她在冥界的女儿一起生活，把她的主神位置让给冥王哈得斯。

得墨忒耳神殿
掌管土地和农业的女神得墨忒耳及其女儿的神殿。

随着时光的流逝，宙斯逐渐成长成了一个强壮的少年。想念儿子的瑞亚把宙斯叫到了王宫。

瑞亚对克洛诺斯撒谎说，宙斯只是自己的侍童，因此克洛诺斯做梦也没有想到宙斯竟是自己的儿子。

一天晚上，宙斯特制了一瓶饮料，送给了克洛诺斯。克洛诺斯喝下那瓶饮料后，就开始呕吐。他把当成宙斯吞下去的石头、赫斯提、哈得斯、赫拉、得墨忒耳、波塞冬都吐了出来。

被克洛诺斯吞进肚子里的孩子都是神，所以并没有死去。

从克洛诺斯的肚子里逃脱的众神，成了宙斯的盟友，共同对付克洛诺斯。克洛诺斯叫了众提坦来帮他，宙斯则找了深埋在地下的独眼巨人和百臂巨神。

就这样，一场翻天覆地的战争开始了。宙斯找来了怪物，让它们在奥林匹斯山上向提坦们扔大石头。

“不好了……奥林匹斯山要塌了。”看到这样的情景，提坦们都被吓得仓皇而逃。牧羊神（自然之神）高兴得大喊了一声。他的声音非常大，提坦们吓得魂飞魄散。

“胜利了！我们胜利了！”

年青的众神享受着战胜父亲克洛诺斯之后的喜悦，同时又各自在暗地里盘算着，自己该如何登上王位，成为新王。

在推举新王这件事情上，宙斯和他的兄弟们互不相让，争执越演越烈，眼看又要引发一场战争了。这时，普罗米修斯提出了一个建议，将整个世界分成不同的领域，由宙斯和兄弟们各自分管，通过抓阄来决定各自分管的领域。最后，宙斯主管天空，波塞冬主管海洋，哈得斯主管地狱。

主管天空的宙斯权力最大，被称为“天神”，也被誉为是“众神之父”，掌管海洋的波塞冬被称为“海神”，掌管地狱的哈得斯被称为“冥王”。

宙斯成为天神之后，就生活在奥林匹斯山。宙斯拥有无上的权力和力量。同时，他也是正义的领导者，无论是对神界还是对人类，他都公正不偏。

因此，宙斯既是众神之王也是人类之王，所以人类在描

雅典剧场

雅典既是古希腊文明的中心又是第一届奥运会的举办地。

绘宙斯的形象时，往往宙斯是坐在精致的宝座上，肃穆的头部表现出驾驭风暴的力量，同时也显示出控制星空的魅力。

宙斯的象征物是雄鹰、橡树和山峰；他最爱的祭品是母山羊和牛角涂成金色的白色公牛。

宙斯作为天空之神，掌握着各种天象，风雨、雷电等都是他用来向人类表示自己意志的手段。他掌握人间一切事务，与命运之神混同，但有时他自己也不得不听从命运安排。

宙斯的主要圣地在奥林匹亚，那里建有宙斯神庙，每4年举行一次盛大的祭祀性竞技会。现代的奥林匹克运动会即起源于为纪念宙斯而举行的体育竞技。

同时宙斯也以贪花好色著称，他除了先后有三任妻子以外，还与很多女子传出过绯闻，这些女子或者是神，或者是来自凡间。

宙斯的所有子女们在希腊神话中也扮演着各种重要角色，他们或为天神，或为半人半神的英雄，因此宙斯又被称为天神和凡人之父。

在宙斯的三任妻子中，最为著名的要算是第三任妻子，也就是有“醋坛子”之称的天后赫拉了。赫拉十分忠于她

首届奥运会奖牌正面图案

奖牌的正面是希腊神话中主神宙斯的头像，宙斯的手上托着一个地球，球上立着胜利女神，上面的文字为希腊语“奥林匹亚”，而奖牌背面则为雅典卫城遗址。

的爱情和家庭。在神话中，赫拉掌管着婚姻和家庭，被尊称为“天后”。这位爱“吃醋”的天后，还为后人留下许多有趣的故事。

故事里的故事

宙斯的三位妻子与主要外遇

第一位妻子：聪慧女神墨提斯，是宙斯的堂姐（或表姐），生雅典娜

第二位妻子：正义女神忒弥斯，是宙斯的姑妈（或姨妈），生时序三女神，即秩序女神、公平女神、和平女神

第三位妻子：天后赫拉，是宙斯的三姐，生战神阿瑞斯、火神赫菲斯托斯、青春女神赫柏和埃勒提亚

外遇对象：

海洋女神欧律诺墨，生美惠三女神，即光辉女神、激励女神、欢乐女神

丰产、农林女神德墨忒耳，生珀耳塞福涅（即冥王哈得斯的妻子）

记忆女神摩涅莫辛涅，生缪斯女神

暗夜女神勒托，生月神阿耳忒弥斯（罗马神话中称为狄安娜）与太阳神阿波罗

风雨女神迈亚，生神使赫尔墨斯

忒拜公主塞墨勒，生酒神狄俄尼索斯

阿尔戈斯公主达娜亚，生大英雄、提林斯王珀耳修斯

迈锡尼公主阿尔克墨涅，生大英雄、大力神赫拉克勒斯

河神伊索普斯之女安提俄佩，生忒拜王安菲翁

河神伊索普斯之女伊琴娜，生沃诺斯王、冥界判官艾亚哥斯

腓尼基公主欧罗巴，生冥界判官拉达曼迪斯与克里特王、冥界判官米诺斯

阿耳忒弥斯的仙女卡利斯托，生猎人阿卡斯

人类的创造者和最初的女性

普罗米修斯和潘多拉

提坦伊阿佩托斯有一个儿子叫普罗米修斯。

有一天，普罗米修斯突然说："奇怪啊……世界怎么如此空旷？"

这时下起了暴雨。雨水浇灌着大地，大地上的植物开始恢复了生机；雨水没有经过的地方，植物就无法复苏。看到这些的普罗米修斯感叹地说：

"水，真是好伟大啊……"

之后，他将水和土和在一起，制造了与自己相似的物体，这就是最初的人类。

掌管智慧与正义的女神雅典娜给泥人注入了灵魂。就这样，泥人开始有了心跳，有了呼吸，僵硬的胳膊和腿也可以动弹了。

普罗米修斯教会了人类各种生存的本领，例如，搭建房

屋、读写和数数、利用有轮车和动物搬运货物、造船等。还教会了人类从地里采铁矿、铜矿和金矿等，并利用这些金属制造一些便利的工具。也教给了人类制药治病的方法。

宙斯在奥林匹斯山兴致勃勃地观看了普罗米修斯制造人类并教他们生存方法的全过程。之后，对普罗米修斯说：

“你教会了人类思考和工作的方法，为什么不教他们崇拜神，给神贡品呢？就算人类再聪明，他们的命运不还是掌握在神的手里吗？请马上教会他们崇神祭神！”

“是的，大人，小神马上照办。”

普罗米修斯惶恐地退了下去，不一会儿就拿来了贡品。

他拿来的贡品是动物的内脏和沾满油的骨头。

“伟大的宙斯大人，这是我精心准备的贡品，请您任意挑选吧。”

宙斯拿了那块儿沾满油的骨头。但是，骨头实在是太硬了，无法下咽。从那时起，希腊人在给奥林匹斯的神祭祀的时候，就拿沾满油的骨头当贡品，好吃的肉都留给自己吃。普罗米修斯戏弄了众神之王宙斯，宙斯非常生气，说：

“就算好吃的肉都在人类的手里，如果没有火，肉还是很难吃。”

宙斯下了一场大雨，把地上所有的火都给浇灭了。然后又起了大风，灰尘满天飞。就这样，人类无法烧饭吃，也不能取暖了。每个漆黑的夜晚都要在恐惧和寒冷中度过。

“我无法忍受这样折磨人类。”

普罗米修斯来到奥林匹斯山，从宙斯的火炉里偷了一个火团，悄悄地藏在了茴香树枝里，传给了人类。人们用

那团火烤了面包和鱼，食物的香味传到了奥林匹斯山宙斯的宫殿。

“这次我饶不了他们。”

愤怒的宙斯命令火神赫菲斯托斯带领众神打造了一尊美女石像，并取名叫潘多拉，宙斯把这个美丽的女人送到地上，让她带一个盒子给普罗米修斯的弟弟埃庇米修斯。

普罗米修斯已经想到了宙斯会报复他，所以警告弟弟埃庇米修斯不要随意接受宙斯的礼物。但是，埃庇米修斯看到美丽的姑娘就忘了哥哥的警告，不仅接受了宙斯的礼物，还娶了潘多拉为妻。

有一天，当埃庇米修斯外出的时候，好奇心强的潘多拉打开了盒子……

法国画家雷东的《潘多拉》
潘多拉正要打开宙斯送给她的盒子。

于是，灾难就像股黑烟一下子冒出来了，疾病、痛苦、苦恼、悲伤……像灰尘一样纷纷落了下来。

潘多拉吓得立即关上盒子，不过一切都太晚，各种各样的灾难已经传遍了整个世界。唯独希望没有从盒子里跑出来，所以，直到现在，不管人类遇到什么样的困难，都会保留这样一个信念，那就是：还有希望。

宙斯把背叛他的普罗米修斯锁在高加索山的悬崖上，并命令恶鹰去啄食他的肝脏。到了夜晚肝脏又会慢慢长出来，于是，当第二天的太阳在普罗米修斯的眼前出现的时候，恶鹰又会飞过来啄他的肝脏。因为帮助人类，普罗米修斯受到了残酷的刑法，不过他一点都不后悔。

不知经过了多少万年，赫拉克勒斯从高加索山经过，发现恶鹰在啄食普罗米修斯的肝脏，就取出弓箭，一箭射死了恶鹰，然后又把普罗米修斯从锁链下面解救出来。终于从刑法中逃脱的普罗米修斯，不想再与宙斯斗下去了。于是普罗米修斯就永远地戴上了一只铁环，环上镶有一块高加索山上的石子。看到普罗米修斯这么做后，人类为了感谢他的帮助，也都戴上了镶有石子的铁环，这也是现在“金戒指”的由来。

故事里的故事

潘多拉的诞生

宙斯命令诸神共同打造一个礼物送给人类，因此，在众神的共同努力下，一个具有灵巧的技艺和过人的智慧；有语言的天赋；有令男人疯狂的香味等的完美的女人诞生了。众神替她穿戴衣服，头戴兔帽、项配珠链、娇美如新娘。汉密斯出主意说：“叫这个女人潘多拉吧，是诸神送给所有人类的礼物。”众神都赞同他的建议。古希腊语中，“潘”是“所有”的意思，“多拉”则是“礼物”。“潘多拉”现为“一切灾难的传播者”之意。

啊！父亲，太阳马车

法厄同

有一天，法厄同哭着对母亲说：

“妈妈，小朋友们都嘲笑我没有爸爸。”

母亲回答说：

“你也到了该见父亲的时候了。你一直往东走，走到天边就能见到你父亲的宫殿。你父亲见到你，一定会很高兴的。”

法厄同按照母亲的指示，一直往东走。他走了很远很远的路，最后终于看见了太阳神辉煌的宫殿。

“啊，是爸爸的宫殿！”

宫殿大门好像是特意为法厄同打开的，一直敞开着。他走了进去，看见太阳神阿波罗戴着闪闪发光的皇冠，坐在宝座上。

“来得好，我的儿子！”

“我真的是您的儿子吗？”

“当然，你当然是我的儿子，我是你的父亲！”

“父亲，我一直以为我没有父亲呢。大家都嘲笑我没有父亲。父亲，您能证明给那些嘲笑我的人看看吗？”

“当然可以。你是我的儿子，法厄同，我如何证明给他们看呢？我什么都可以为你做。”

“太阳马车每天都由东向西经过，您就让我驾驭一下太阳马车吧。这样那些人就能看到我了，也能证明我是您的儿子了。”

听了儿子的要求，阿波罗吓了一跳，也有些后悔了。

“你要驾驭太阳马车？这很难办啊……能不能用别的方法证明呢？”

“不行？您不是说可以为我做一切吗！”

法厄同非要驾驭太阳马车，无可奈何的阿波罗只好同意了他的要求。

“儿子，你要记住，太阳马车太低，大地就会很热；太高，大地则会很冷；既不能太快又不能太慢。知道了吗？”

但是，兴奋至极的法厄同根本没有记住父亲的教诲。

“你要按照既定的轨道去驾驭太阳马车。”

“好的，您不必担心。”

接过马鞭的法厄同开始按照既定轨道驾驭了。但是，过了不久，马就认识到驾驭它们的不是自己的主人，于是便开始乱跑了起来。马越跑越快，在星星之间乱窜，惊慌失措的法厄同还弄丢了马鞭。

马车接近地面的时候，大地转眼间变成了火海——江河

蒸发掉了，山上的树木烧光了，岩石和土被烧红了，大海沸腾了。

那时，太阳马车经过的正是后来的非洲大地，所以直到现在，非洲依然非常炎热，沙漠也很多，人们的皮肤也是黑色的。

大地实在是无法忍受了，就向宙斯求救。

“什么，出大事了！”

宙斯立即扔下了雷，并熄灭了大地上的大火，遭到雷劈的太阳马车粉碎了，法厄同也被摔死了。

“可怜的儿子！”

失去儿子的阿波罗非常伤心，从此戴上了黑色的面具。法厄同的母亲和姐姐也痛哭不止，最终都变成了白杨树。

据说，阿波罗至今还在为儿子而哭泣。每到晚上，他的眼泪就会从星星上掉下来，人们把他的眼泪称作“露水”。

天才音乐家对妻子的深情

俄耳甫斯

俄耳甫斯是杰出的诗人和音乐家。

有一天，他的妻子欧律狄刻正在原野上散步，不料脚下踩到了一条毒蛇，毒蛇出其不意地狠狠地咬了她一口，她只“哎哟”了一声便倒在了草地上。当俄耳甫斯赶来时，欧律狄刻已经死了。

为了再见妻子，俄耳甫斯一边唱着十分悲伤的歌曲，一边寻找着地狱的入口。

那歌声实在是太悲伤了，就连小草和树木都为之流泪，为他指明了地狱的入口。

俄耳甫斯不惜牺牲自己的生命，舍身进入了地狱。刚一进去，就看见了一条守卫冥界大门的三只眼的恶狗。

于是，俄耳甫斯唱起了悲伤的歌曲，恶狗不一会儿就昏睡过去了，俄耳甫斯继续唱着歌向前走。

那歌声实在是太悲伤了，就连地狱里的火花都被感动得睡着了。因此，俄耳甫斯顺利地来到了冥河边。

“活人是不可能渡过这条河的！”

艄公对俄耳甫斯说。俄耳甫斯又唱起了悲伤的歌曲。

“那么迫切地希望见到死去的妻子吗，那就上船吧。”

被感动的艄公让俄耳甫斯上了船。就这样俄耳甫斯渡过了冥河，来到了冥王哈得斯的面前。

法国画家雷东的《俄耳甫斯》
俄耳甫斯是司管文艺的女神卡利俄帕的儿子，他是最早演奏竖琴的音乐天才。

“请把我的妻子欧律狄刻还给我。”

“她既然到了冥界就不能再回去了。”

“她没有过上一天好日子就死了。就请您发发慈悲，给她一个过幸福生活的机会吧。以后，我会陪她一同来冥界的。”

“看来你的爱是真心的，那我就给她一个机会吧。但是，你领着你的妻子走出冥界之前决不能回头看她，否则她将永远不能再回到人间。”

“好的，我绝对不会看她的。”

冥王哈得斯放了欧律狄刻。

两个人无言地走出来，坐上了重返人间的小船。但是，旅途实在是太寂静了，俄耳甫斯觉得妻子欧律狄刻好像不在他的身后，于是他就不知不觉地回了头。在那瞬间，欧律狄刻变成了灰尘消失了。

“欧律狄刻！欧律狄刻！”

俄耳甫斯发疯似的叫着妻子的名字，并想要重新回到冥界。但是，那已经是不可能的了。

俄耳甫斯非常伤心，他来到了一座深山，从此在那里唱着悲伤的歌曲。

有一天，酒神狄俄尼索斯的女祭官喝得酩酊大醉，来到了此地，听到了俄耳甫斯的歌声。

“这是什么歌啊？真难听。”

无法忍受的女祭官们杀害了俄耳甫斯。狄俄尼索斯知道后非常愤怒，把这些女祭官都变成了树。

掌管艺术的女神把俄耳甫斯的尸体埋葬了，但他的头颅随着海水漂到了列斯波斯岛，后来这里便成为抒情诗歌的故乡。

俄耳甫斯的竖琴也被河水冲走了，所以现在河里才会传来美妙的流水声。

故事里的故事

天琴座的由来

传说俄耳甫斯的竖琴叫玄鹤琴，是他的父亲阿波罗送给他的。俄耳甫斯死后，他的玄鹤琴顺水而流，一直飘到了列斯波斯岛，被那里的居民拾起来供奉在神庙里。这把琴在神庙里依然不停地发出悲伤的旋律，阿波罗也被这个旋律感动了，于是去向宙斯求情，宙斯也很同情俄耳甫斯的悲惨遭遇，便把阿波罗赠给俄耳甫斯的那把玄鹤琴放到了天上，变成夜空中的一个星座——天琴座。

射箭之神和变成树的精灵

阿波罗和达芙妮

阿波罗是希腊神话中十二主神之一，他掌管音乐、医药、艺术等，是希腊神话中最多才多艺，也是最美、最英俊的神，同时阿波罗也是男性美的典型。通常，阿波罗是作为太阳神为人们所接受，但他并不是真正的太阳神。阿波罗的全名为福玻斯·阿波罗，意思是“光明”或“光辉灿烂”，因此，他又被称为“光明之神”。

阿波罗还精通箭术，他射箭百发百中，从未射失。

一天，因用箭射杀大蟒蛇而自豪的阿波罗遇见了正拿着弓箭玩耍的小爱神丘比特。

“喂，小子，那是什么啊？箭可不是玩具。箭可得拿大的才行，那样才能抓到大蟒蛇。”

听到这话，丘比特非常生气地说：“阿波罗先生，您可以射中世上的一切东西，但我可以射中您。”然后他就拔出了

两支箭。

原来小爱神丘比特有两支十分特别的箭:凡是被他用那支黄金制成的利箭射到的人,心中会立刻燃起恋爱的热情;要是被另外一支铅做的钝箭射到的人,就会十分厌恶爱情。

丘比特把那支铅制的钝箭射向了精灵达芙妮,把黄金制的利箭射向了阿波罗。

阿波罗被箭射中的瞬间,眼前正好出现了穿越树林的达芙妮。

"哇,那个女子好美丽呀!"

阿波罗对达芙妮真是一见钟情。达芙妮散乱的头发,在阿波罗眼里却是如此的美丽。

"她没有梳头也这么美丽,要是梳了头,那该有多美呀?闪闪发亮的眼睛、花蕾般的嘴唇、可爱的手……"

坠入爱河的阿波罗为了向达芙妮表白,来到了她的面前,但是,达芙妮一见到阿波罗就惊慌失措地逃跑了。这是因为达芙妮中了厌恶爱情的箭,只要想到爱情就会毛骨悚然。

达芙妮跑得像风一样快,阿波罗跟在她后面,拼命地向她表达自己的爱慕之情。

"达芙妮,你别跑,请听我说说。我是宙斯的儿子阿波罗。我是掌管音乐、医药、艺术等的神。我的心病只有你的爱才能治好。达芙妮,请接受我的爱情吧!"

"走开!我讨厌爱情!离我远一点!"

说着达芙妮就像羚羊似的向山谷里飞奔而去。

但是,达芙妮跑得再快,也跑不过阿波罗。

"父亲,救救我!"

达芙妮倒在了地上。

达芙妮的父亲是河神，河神听见了女儿的求救声，立刻飞奔过来。

“出什么事了？”

“父亲，快把我藏在地里吧，或者把我变成其他东西吧！”

河神立刻施了法术，改变了她的容貌。

达芙妮的秀发变成了树叶，手腕变成了树枝，两条腿变成了树干，两只脚和脚趾变成了树根，深深地扎入了泥土中。她变成了一棵美丽的月桂树。

阿波罗凝视着月桂树，痴情地说：“你虽然没能成为我的妻子，但是我会永远地爱着你。我要用你的枝叶做我的桂冠，用你的木材做我的竖琴，并用你的花装饰我的弓。同时我要赐你永远年轻，不会衰老。”变成月桂树的达芙妮听了，深深地受到了感动，连连点头，表示谢意。

也许是受到了阿波罗的祝福，月桂树终年常绿，成了一种深受人们喜爱的植物。

持有黄金之手的王

米达斯

有一天，百姓们把一位醉酒的老人带到了佛里吉亚国王米达斯面前。米达斯一眼就认出了那位老人是酒神狄俄尼索斯的老师。

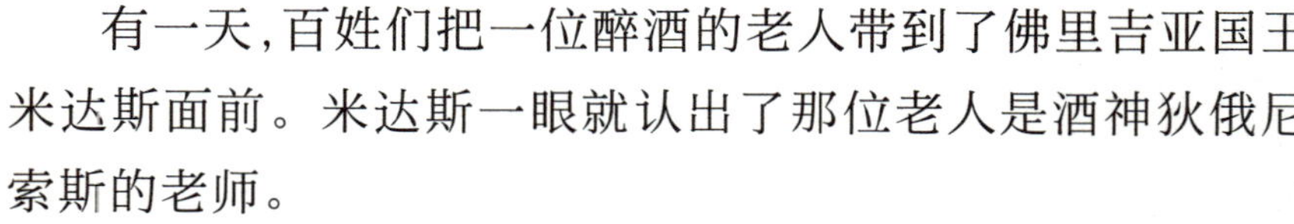

因此，米达斯摆宴席盛情款待了那位老人十天。到了第十一天，米达斯就把他送到了狄俄尼索斯那里。

“米达斯国王这么盛情款待我的老师，为了报答你的盛情款待，我愿实现你任何一个愿望。”

“那么，你就把我碰到的东西都变成黄金吧。”

狄俄尼索斯虽然对这个要求感到不满，但还是实现了他的愿望。

米达斯摸了摸树枝，树枝果然变成了黄金。

他高兴地又摸了摸树、草、石头……他把眼前所有的东西都摸了一遍，结果那些东西都变成了黄金。

“哈哈哈哈！我是世界上最富有的人！”

回到王宫的米达斯把所有的东西都变成了黄金。

“啊，好饿啊，把我的午饭拿过来。”

下人们把午饭端了上来，米达斯拿起了一块儿面包，面包立刻变成了黄金。葡萄酒、肉、水果等，只要他的手一碰到就马上会变成黄金。

“啊，这不是幸福而是灾祸啊！应该怎么办呢？伟大的狄俄尼索斯，请宽恕我的贪婪吧！”

“你终于觉悟了，那就到帕克托勒斯河中沐浴吧，这样你才能得到解脱。”

米达斯按照狄俄尼索斯的指示做了，据说至今这条河里的沙子中还含有黄金。

此后，米达斯开始厌恶富贵荣华的生活了，他来到了乡

村与山林之神潘成了好朋友。

潘很会吹笛子。

有一天，潘挑战阿波罗，比赛谁演奏的音乐更优美，阿波罗接受了他的挑战。这场比赛由山神乌瑞亚给他们当裁判。

潘先开始吹起了竹笛，那优美动听的笛声，感染了裁判和所有的观众。

接着轮到了阿波罗，音乐之神阿波罗演奏了竖琴。裁判刚一听到竖琴声就判阿波罗赢了。

观众们都赞成这个判决，只有米达斯不服气地说：

“真不像话，潘的笛声明明比阿波罗的竖琴声好听多了，

法国画家普桑的《米达斯和狄俄尼索斯》

米达斯请求狄俄尼索斯实现他黄金之手的愿望。

这个判决不公平。”

这时，阿波罗非常生气地说：

“我的竖琴怎么会比他的竹笛差呢？你那是什么耳朵？就让我来教训教训你。”

说着阿波罗就把米达斯的耳朵变成了驴耳朵。此后，米达斯只好用帽子掩盖着自己长长的驴耳朵了。不过他的这个秘密还是被理发师发现了。

“如果你要是把我的秘密说出去就别想活了。”

“是，是。”

但是理发师还是把秘密说了出去。他在芦苇滩上挖了个洞，并对着这个洞说：“国王的耳朵是驴耳朵。”

从此以后，每当刮起大风时，芦苇丛就会发出声音，好像在对人们说：

“国王的耳朵是驴耳朵。”

变成星星的巨人猎手
奥赖温

特莱维喷泉
特莱维喷泉是罗马最有名的喷泉，海神波塞冬正站在驰骋的马车上。

奥赖温是海神波塞冬的儿子，他是个魁梧强壮的猎手。波塞冬教会了他在海底和海面上也能“行走”如飞的技能。

后来奥赖温爱上了希俄斯岛（位于爱琴海）奥诺皮恩王的女儿墨洛珀，并想与她结婚。但是，奥诺皮恩王很不喜欢奥赖温，反对这桩婚事。

恼怒的奥赖温想抢走墨洛珀，奥诺皮恩王大怒，在一次酒宴上他把奥赖温灌醉之后，弄瞎了他的眼睛，并把他扔到了

法国画家布歇的《狩猎归来的狄安娜》

月神也就是狩猎女神狄安娜(阿耳忒弥斯)刚刚狩猎归来时的情景,周围的三个侍女显得有些疲惫了。

大海。

“啊,我的眼睛什么都看不到,我该往哪儿走呢?”

这时,奥赖温听到了“当当”的声音,就沿着声音的方向走去,最后遇到了火神赫菲斯托斯。

“这不是波塞冬的儿子吗?怎么会变成这样?快把他带到阿波罗那里。”

赫菲斯托斯命令手下把奥赖温带到光明之神阿波罗那里。

奥赖温在仆人的指引下,一直往东走,终于来到了阿波罗所在的宫殿。

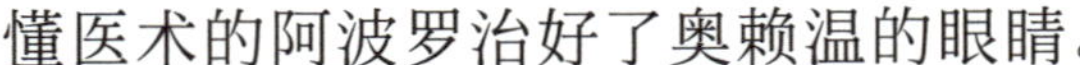

懂医术的阿波罗治好了奥赖温的眼睛。

重见光明的奥赖温又邂逅了阿波罗的妹妹狩猎女神阿耳忒弥斯。阿耳忒弥斯非常喜欢奥赖温。

此后不久，阿耳忒弥斯决定要与奥赖温结婚，这个消息很快就传到了阿波罗那里。

“你怎么可以跟他结婚，以后不要再见奥赖温了！”

“哥哥，这事与你无关。”

阿耳忒弥斯没有听哥哥阿波罗的话。

“混蛋，你竟敢忘恩负义，喜欢我的妹妹！”

阿波罗狠狠地骂奥赖温，并且，每天都在想如何报复他。

一天，奥赖温像往常一样，在海面上“飞行”，准备上岸去捕猎。他的全身都浸在水里，只有头部露出水面。阿波罗和阿耳忒弥斯正巧也从海面上飞过。阿波罗心想:这是个好机会。于是他对妹妹说：

“妹妹，你不是狩猎女神吗，你的箭法很精准，那你能不能射中那边那个小黑点呢？”

“没问题！就看我的吧！”

毫不知情的阿耳忒弥斯迅速把箭射了过去。箭不偏不倚地射中了奥赖温。刹那间，阿耳忒弥斯突然发现自己射的正是奥赖温，可一切都晚了。

奥赖温的尸体静静地躺在水面上，阿耳忒弥斯非常伤心，她看着奥赖温的尸体不停地哭泣，可奥赖温已经听不到了。

“亲爱的奥赖温，我不能把你葬在地里。我要把你变成天上的星座，永远守护在我的身边。”

就这样，阿耳忒弥斯把奥赖温升到天上，并把他化作了身披狮子皮、手拿剑和盾的猎户座，永远点缀着漆黑的夜空。

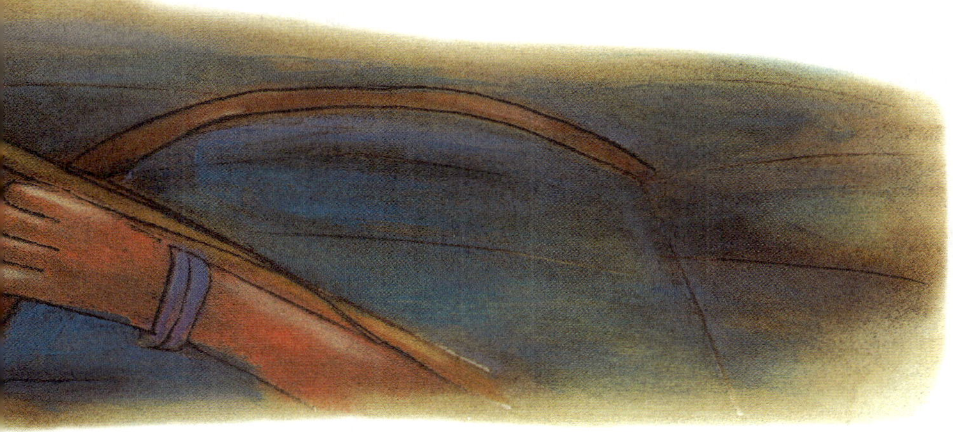

阿佛洛狄忒和阿多尼斯

有一天，爱与美的女神阿佛洛狄忒（维纳斯）中了爱神丘比特的黄金箭。

她很明白中了黄金箭就会对别人产生爱情，所以她为了避免爱上别人，非常小心，可是就在她的心病快好的时候，遇见了阿多尼斯。

“哇，真是个英俊的年轻人啊！”

她就这样不知不觉地爱上了阿多尼斯，她把自己是一个女神的身份都给忘记了，整天跟着阿多尼斯。

阿多尼斯喜欢狩猎，阿佛洛狄忒在他狩猎时，也会跟着一起狩猎。但是，阿佛洛狄忒经常劝告阿多尼斯最好抓野兔和小鹿之类的小动物，不要去抓狼和熊之类的凶猛动物。

但是阿多尼斯不喜欢只抓小动物。

“凶猛的动物会伤害到你的，你知道我有多担心你吗？”

艺术大师波提切利的《维纳斯的诞生》
女神维纳斯(阿佛洛狄忒)从爱琴海中浮水而出,风神齐菲尔吹着和煦的微风,缓缓地把她送到了岸边。

阿多尼斯开始讨厌阿佛洛狄忒总是唠叨个不停,并且嫌她总是跟着自己,但又不敢得罪她。

一天,阿佛洛狄忒有事要去趟塞浦路斯岛,在走之前,她又提醒阿多尼斯:

"千万不要去抓凶猛的动物,它们会伤害你的,明白了吗?"

"好的,我知道了。"

说完阿佛洛狄忒就乘着白鹭飞向了塞浦路斯岛。

"哈,我终于可以大显身手了。"

阿佛洛狄忒刚离开,阿多尼斯就带着猎犬走进了丛林。

"好,猎犬快去找找狮子或者野猪的踪迹吧。"

猎犬好像也在为他兴奋。

过了一会儿，猎犬找到了正在山洞里午睡的野猪。被猎犬惊醒的野猪凶猛地向阿多尼斯扑了过来。此时，眼疾手快的阿多尼斯用箭狠狠地射中了野猪的腰。

“哇！我抓到野猪了。哈哈哈哈！”

阿多尼斯高兴地跳了起来。但是，野猪迅速用嘴拔掉了身上的箭，凶猛地扑向阿多尼斯。

“啊啊！”

阿多尼斯开始逃跑了。不过野猪还是追了过来，狠狠地撞了他。

野猪的尖牙扎进了阿多尼斯的身体，滚烫的鲜血从他身体里不断地流出。

乘着白鹭的阿佛洛狄忒听见了阿多尼斯的一声惊叫。

“阿多尼斯出事了！”

阿佛洛狄忒立刻飞到了阿多尼斯的身边。

“天哪！阿多尼斯，这是怎么回事？”

阿佛洛狄忒用尽全力抢救阿多尼斯，可阿多尼斯还是死了。

阿佛洛狄忒哭得非常伤心，之后她把神喝的酒洒在了阿多尼斯的身上。这时阿多尼斯的尸体上开了鲜红的花朵，后来人们把这种花叫做海葵。

阿多尼斯死后，阿佛洛狄忒异常悲痛，诸神深受感动，因此，准许阿多尼斯每年复活六个月，与阿佛洛狄成忒团聚。此时，大地回春，草木繁盛。

永远滚动巨石的男子

西西弗斯

有一个人不屈服于神，专门与神作对。他就是普罗米修斯的后代——科林斯（古罗马时期的一个城邦）的国王西西弗斯。因为是普罗米修斯的后代，所以他足智多谋。

有一天，有人偷了西西弗斯的牛。

“呵呵……偷牛者肯定是奥托吕科斯。”

西西弗斯胸有成竹地说。

奥托吕科斯非常惊慌。

“你是说我偷了你的牛？真是荒谬！”

“荒谬？我可是有证据的。”

西西弗斯早就预料到了奥托吕科斯会来偷牛，所以事先在牛的蹄子上做了记号。一看西西弗斯拿出了证据，奥托吕科斯只好乖乖地把牛交了出来。

作为惩罚，西西弗斯把奥托吕科斯的女儿安提克勒亚带

了回来。后来，安提克勒亚生了奥德修斯，奥德修斯成了特洛伊战争的英雄。

西西弗斯建立了科林斯王国，并建了一座瞭望台。

一天，他在瞭望台看见宙斯掳走了河神伊索普斯的女儿伊琴娜。

伊索普斯有两个儿子和20多个女儿，他发现伊琴娜失踪之后，到处去寻找伊琴娜。不知不觉中，他来到了科林斯。

“请问有没有见到我的女儿伊琴娜？”

“我可以告诉你她在哪儿，不过有个条件，希望你能给我一条四季长流的河。”

“可以，只要能找到我的女儿，什么都可以。”

西西弗斯以此为交换条件，把伊琴娜的下落告诉了伊索普斯。

伊索普斯马上去了宙斯那里。

“宙斯大人，请把女儿还给我！”

愤怒的宙斯向伊索普斯扔了一颗响雷。所以，现在的伊索普斯河河底还是有一道黑色的痕迹。

宙斯憎恨泄露秘密的西西弗斯。

“你这个凡人，竟敢泄露神的秘密，真是不想活了。”

宙斯派出了死神要将西西弗斯押下地狱。

没想到的是西西弗斯却用计绑架了死神。

“哼，想抓我没那么容易。”

死神被绑架了，导致人间很长一段时间都没有人死亡，社会的正常秩序被打乱。战争之神阿瑞斯代表众神来见西西弗斯。

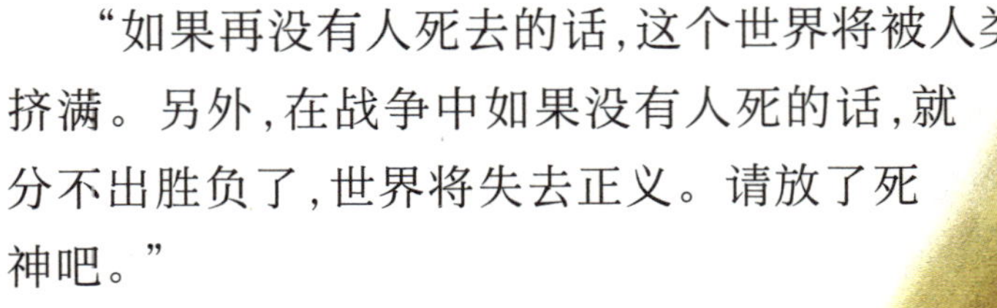

“如果再没有人死去的话，这个世界将被人类挤满。另外，在战争中如果没有人死的话，就分不出胜负了，世界将失去正义。请放了死神吧。”

西西弗斯放了死神，但是死神却又来找西西弗斯了。

西西弗斯早预料到了会这样。于是就叮嘱妻子，在他死后不要

安葬，也不要上祭品。西西弗斯随死神来到了冥界。

西西弗斯死后，他的妻子按照他生前的叮嘱既不埋葬又不上祭品，对此冥王哈得斯非常生气。

“西西弗斯，快回去告诉你的妻子，让她给你送葬！”

“好的。”

西西弗斯回到人间后，就再没有返回冥界。于是宙斯亲自将他抓回了地狱，并且惩罚他搬运石头。

西西弗斯每天都要把一块沉重的大石头推到非常陡的山上，石头一到达山顶就会滚到山脚下，这时西西弗斯又要把石头推到山上。

就这样，他永远地重复着这个毫无意义的工作。诸神认为再也没有比做这种毫无意义的劳动更为严厉的惩罚了。

据说，西西弗斯到现在也不向神屈服，还在反复地推动着那块儿石头。

变成回声的仙女和变成水仙花的青年

厄科和纳西塞斯

厄科是个美丽的仙女。

但是，她有一个爱唠叨的毛病。她总是不停地唠叨，让人觉得非常讨厌。

有一天，赫拉正到山边去侦察丈夫宙斯是否和一些仙女在一起。仙女们一见到赫拉就都想逃跑了。这时，厄科就故意缠住赫拉，和她说一大串的话，好让仙女们有足够的时间逃跑。

赫拉看穿了这点之后，便对厄科说：“你那条舌头把我骗得好苦，我要把你变成哑巴，不能让你说话，让你只能重复别人的话。”结果，这个诅咒灵验了。不过厄科听了别人的话以后，只能重复最后几个字，并不能把她听到的话全部重复。

说不了话的厄科独自在草丛里走着。

这时，她发现了正在狩猎的纳西塞斯。

“啊，长得真英俊啊！如果能嫁给他该多好……”

厄科深深地爱上了纳西塞斯。她偷偷地跟着他，但是她不能先开口，无法向他倾吐自己内心的爱意。她只好在内心里想好了要回答的话。

纳西塞斯终于先开口了。他跟他的猎友正好走散了，因此他便喊道：

“这儿有人吗？”

厄科立刻回答了。

但是她说的却和纳西塞斯说的是同样的话。

“这儿有人吗？”

纳西塞斯向后面看了看，看不见有人，便又喊道：

“别开玩笑

了，快出来吧！”

“别开玩笑了，快出来吧！”

纳西塞斯生气了。

“是谁？谁在学我！”

“是谁？谁在学我！”

“给我出来！”

没有比回答这句话更能使厄科高兴的了，她以为纳西塞斯也喜欢她呢，便立即出现在他的面前说：

“给我出来！”

纳西塞斯被突然出现的仙女吓坏了。

“走开！”

法国画家布歇的《厄科与纳西塞斯》

纳西塞斯后面有爱神丘比特和望着纳西塞斯的厄科。

“走开！”

纳西塞斯拔腿就跑。遭到拒绝的厄科感到无比地悲伤，便痛哭起来。

厄科向上天祷告说：“我愿他永远享受不到所爱的东西！”

复仇女神涅墨西斯听见了厄科的祷告。

“好吧，就让我帮你实现愿望吧。”

附近有一片清澈的池塘，正当纳西塞斯俯首饮水，解决口渴问题的时候，看到了水里自己的倒影。

“啊，长得好美啊。他肯定是住在水里的美男子。”

纳西塞斯在水里看见一个美男子的形象，立刻对他产生了爱慕之情。

“美男子，就请你从水里出来吧。”

纳西塞斯为了抓到那个美男子把一只手伸进了池塘，可影子却模糊了。这下他更着急了，就把双手伸进了池塘，可影子完全消失了。伤心的纳西塞斯在池塘边等了一会儿，那个影子又出现了。

“你去哪儿了？为什么要躲着我？我爱你！”

可那个影子没有理他。

纳西塞斯从此不吃不睡，顾影自怜，最后坠入河中死去了。

仙女们可怜纳西塞斯，决定给他送葬。于是去寻找他的尸体，可是尸体早已不见了。

在纳西塞斯死去的地方，盛开了一朵美丽的花。这朵花就是水仙花。

感动了宙斯的人

丘比特和波西卡

很久很久以前，某国的国王有三个女儿，其中三女儿波西卡最漂亮。人们都说美神降临了，都称波西卡是“人间的阿佛洛狄忒(维纳斯)”。

阿佛洛狄忒听到了这个传闻，非常生气，就把丘比特叫来了。

“快去教训教训那个侮辱我名字的丫头。”

“是的，母亲。”

阿佛洛狄忒的庭院里有两口井，一口井的水甜，而另一口井的水却苦。丘比特从两口井中，各取了一瓶水，然后带着神弓神箭来到了波西卡的房间，这时波西卡正在睡觉。

丘比特把苦的那瓶水洒在了波西卡的嘴唇上，然后用箭碰了碰她，波西卡醒了。丘比特虽然知道波西卡看不到隐形的自己，但他在逃离时还是惊慌地绊倒在了地上，被自己的

一支箭伤到了。

但是，被波西卡的美丽所感染的丘比特，不顾自己的伤势，不忍心她受罚，于是就把甜的那瓶水洒在了波西卡的额头上。

从那时起，就没有人向波西卡求婚了。国王非常着急，于是来到阿波罗神殿找了一位神差，向她请教了女儿的命运。

神差说道："波西卡的丈夫将是一个怪物，它正在高山之巅等着她。"

国王和王妃知道后都非常伤心。

艺术大师波提切利的《春》

画中是正在舞蹈着的女神们，中间的是阿佛洛狄忒，她的头顶是挥着弓箭的小爱神厄洛斯(丘比特)。

"我的命运如此，又有什么办法呢。"

虽然波西卡也很伤心，但她还是接受了这个事实。全家人将波西卡带到附近的一座大山顶上，含着眼泪把她留在了那里。

可怜的波西卡非常害怕和难过，不一会儿，她就睡着了。当她醒来时，看见前面有一片树林，树木高大、挺拔、美丽，便朝着树林走去。不久就看见了一座华丽的宫殿。

波西卡走进了宫殿，可里面没有人。突然，她听到身边响起了一个声音。

"女王陛下，我们是您的仆人。我们会精心地服侍您的，请您放心。请您先沐浴吧，我们会去准备午餐的。"

波西卡按照指示洗了个澡，然后来到了庭院。桌子上摆满了食物，非常丰盛。

到了晚上，波西卡的丈夫就会到来。丈夫会陪她到凌晨，到了凌晨就会消失。

波西卡非常想看看丈夫的容貌，但是，丈夫对她说：

"请不要惦记我的容貌，重要的是我们俩的爱情。只要我们互相爱着对方就够了。"

听到丈夫这么说，波西卡就安心了。就这样过了几个月，波西卡想念她的姐姐们了，丈夫立即吩咐仆人把她的两个姐姐请到了宫殿。

"天哪，我们还以为你被怪物吃掉了呢，原来你住在这么好的地方啊！"

"姐姐，我的丈夫不是怪物。"

"那他是个什么样的人？长相如何？多大了？眼睛

大吗？”

在姐姐们这么一大堆的问题面前，波西卡只好说出了真相。

“天哪，那他真的是怪物啊！”

“别人都说，我丈夫是蛇。所以他不想让我看见他的容貌。”

“实际上他可能是一个怪物，也许他就是想用这些美味佳肴将你养肥，然后就把你吃掉。”

听姐姐们这么一说，波西卡有些害怕了。

“那该怎么办呢？”

你要准备一把刀子，今晚确认一下他的容貌，如果他真的是一条蛇，那你就砍掉他的脑袋。

“什么，太可怕了！我做不到。”

波西卡苦恼了一会儿，她终于下定决心按照姐姐们的话去做。

晚上，波西卡在枕头底下藏了一把刀。等到她的丈夫熟睡以后，她就拿台灯照了一下丈夫的脸。

“天哪！原来是个美男子啊。”

其实她的丈夫就是英俊潇洒的丘比特。他有一头金黄色的头发，玫瑰色的脸颊，细长的脖子，肩膀上还长着一对白色的翅膀，雪白的羽毛就像春天里的花朵。

波西卡为了看清他的容颜，把台灯贴到了他的脸边。突然，带有火苗的一滴灯油掉在了丘比特的身上。

被惊醒的丘比特望了一会儿波西卡，就挥着翅膀飞出了

窗外。

“你是不是要砍我的头啊？我不能和不信任我的人生活在一起。我们将永远失去对方。”

丘比特飞走了，华丽的宫殿和美丽的庭院也都消失了。波西卡哭着回到了家。

坏心眼儿的姐姐们心想，这回丘比特肯定会来找她们，于是便上山去找丘比特的仆人。

“请你把我们带到丘比特那里吧。”

说着她们就从山顶跳了下去。不过丘比特的仆人是不会带她们去的，所以她们就这样摔死了。

这时，波西卡也正在寻找自己的丈夫。

“我的丈夫是神，所以他肯定住在神殿里。”

波西卡来到了丘比特的母亲阿佛洛狄忒女神的神殿。

阿佛洛狄忒一见到波西卡就对她严厉地说：

“你是来见被爱情伤害的丈夫吗？那你就先把仓库里的粮食都整理了吧。”

仓库里小麦、大麦、高粱、豌豆、扁豆等粮食乱七八糟地堆在了一起，波西卡真是目瞪口呆了。这时丘比特悄悄地派了蚂蚁来帮助她。到了晚上，阿佛洛狄忒看见波西卡很容易就把这些粮食都分好了，于是更加地生气。

“这肯定不是你自己做的，肯定是你的丈夫帮助你的。那你明天去河边，把那群羊身上的黄金羊毛都剪下来吧。”

剪羊毛实在是太难了。但波西卡在河神的帮助下，轻松地完成了任务。不过阿佛洛狄忒的气还是没有消。

“你去冥界，把这个箱子拿给冥王，并得到冥王称赞你

‘美丽’之后再回来。”

冥界是只有死人才能去的。

波西卡冒着生命危险去了冥界，并把箱子给了冥王，而且也得到了他的称赞。

但是，波西卡对箱子里的东西感到十分好奇。

“这箱子里装的会不会是阿佛洛狄忒的美丽呢？我也能变得像她一样美丽就好了。”

波西卡小心翼翼地打开了箱子。突然，从箱子里冒出来一股黑烟，这股黑烟是从地狱里传来的迷幻药。波西卡中了迷幻药，昏了过去。

丘比特发现了昏睡着的波西卡，于是用他的弓箭唤醒了波西卡。

“你差点又让自己的好奇心给害了，快把这箱子还给母亲吧，我还得去办别的事呢。”

丘比特来请求宙斯，帮他们实现结婚的愿望。

“既然你这么喜欢波西卡，那我就帮帮你吧。”

宙斯为了说服阿佛洛狄忒，便亲自来求阿佛洛狄忒，阿佛洛狄忒也没有办法，只好妥协了。宙斯带了神水仙肴给波西卡享用。之后，波西卡也获得了永生。

“波西卡，你获得了永生。丘比特也会永远爱你，你们将幸福地生活下去。”

从此，波西卡和丘比特过上了幸福的生活。

处置美杜莎的英雄
珀尔修斯

阿克里西奥斯王得到神的提示:他将会被自己的外孙杀害。于是他把女儿达那厄囚禁在了高塔中。

但是,宙斯化作金雨和达那厄相会,使她怀上了孩子。不久,阿克里西奥斯王发现女儿在高塔内生下了男婴,深感恐惧的他将女儿和外孙珀尔修斯装进了一个大箱子里,投入了大海。

箱子漂到了塞里福斯岛,一个渔夫发现了它,并把他们放出来送到了这个岛的国王那里,国王热情地招待了他们。

不久,国王爱上了达那厄,要求与她结婚,但达那厄拒绝了。

有一天,国王设宴招待百姓,但是,珀尔修斯没有带贡品就来参加宴会了。国王认为这是把珀尔修斯赶出本国的好借口,便对他大发雷霆。

珀尔修斯却说："您想要什么礼物，只要您吩咐，我什么都可以给您送来。"

于是国王便派他去取美杜莎的头。

"美杜莎原来是戈耳工三姐妹中的小妹，非常美丽。但是她竟敢跟雅典娜女神争奇斗艳，生气的雅典娜女神把她变成了怪物。她的头发变成了一条条凶残的小蛇，不管是谁看见了她的脸，都会变成石头。不能再让那个怪物危害百姓了，就由你去处置她吧。"

艺术大师波提切利的《帕拉斯和肯陶洛斯》

智慧与战争的女神帕拉斯·雅典娜(即雅典娜)抓着上半身是人，下半身是马的肯陶洛斯的头。肯陶洛斯象征暴力和无知。

"是的，国王，就让我来处置她吧。请您放心。"

珀尔修斯向着美杜莎所在的方向走去。雅典娜非常赞赏那些勇敢的人，因此悄悄地跟在了珀尔修斯的身后。

一天，雅典娜出现在了珀尔修斯的面前对他说：

"珀尔修斯，光靠胆量是不能打败美杜莎的。我给你一面盾牌和一把刀吧。你要从盾牌上的倒影观察美杜莎，砍下她的头。在那之前，你要先从妖精那里得到飞行鞋、革囊和冥王的隐身帽。往这个方向去

就能到达知道妖精下落的女妖们住的地方，你就能见到她们。”

珀尔修斯按照雅典娜的指示找到了女妖。

当珀尔修斯找到她们的时候，她们正在争吵着。原来三个女妖正在争夺她们轮流使用的唯一的一只眼睛和一颗牙齿，因此不停地争吵着。

珀尔修斯抢了她们的眼睛和牙齿，并对她们说：

“快告诉我，持有飞行鞋、革囊和冥王的隐身帽的妖精的下落！”

女妖们只好把妖精的下落告诉了珀尔修斯，珀尔修斯找到了妖精，她们正在丛林里跳舞。

“天哪，是个英俊的美男子啊。”

妖精一见到珀尔修斯，就把飞行鞋、革囊和冥王的隐身帽全给了他。

帕提侬神庙

为了供奉雅典的守护神雅典娜女神而建，展现着完美的均衡美。

珀尔修斯带着飞行鞋、革囊和冥王的隐身帽来到了美杜莎的洞穴前。由于接触美杜莎目光的人都会变成石头，所以就连珀尔修斯也有些胆怯了。

戈耳工三姐妹正在池边睡着午觉。

“中间的就是美杜莎。”

雅典娜女神提醒了珀尔修斯。闻到人的气息的小蛇开始动弹了。珀尔修斯从盾牌上的影像观察美杜莎，并砍下了她的头，这时从美杜莎的脖子里飞出来了一群蝴蝶。

珀尔修斯立即把美杜莎的头装进了革囊里，然后戴上冥王的隐身帽，穿上飞行鞋飞走了。

珀尔修斯的妻子

安德洛墨达

珀尔修斯带着装有美杜莎头的革囊飞行着。当他飞行到埃塞俄比亚上空时，发现人们正仓皇地从海边撤离。

珀尔修斯降落到地面，问人们发生了什么事。

“我们的卡西奥佩娅王后因不断炫耀自己的美丽而得罪了海神波塞冬之妻安菲特里忒，生气的波塞冬派来海怪，抓走了很多人和家畜。波塞冬还要求献上公主安德洛墨达，过一会儿，海怪就会来抓公主安德洛墨达的。”

了解了原因的珀尔修斯来到了悬崖边。美丽的安德洛墨达公主果然被绑在了悬崖上，国王和王后也在一旁等待着。

过了一会儿，海水开始沸腾，怪物出现了。

“可恶的怪物，就让我珀尔修斯来收拾你吧！”

珀尔修斯用杀死美杜莎的刀狠狠地刺了怪物一刀。但是，怪物一点儿事也没有。

聪明的珀尔修斯想起了美杜莎的头，于是就从革囊里掏出了她的头。

“来，看吧！”

看到美杜莎的头的怪物，立刻就变成了石头，沉入了大海。

“谢谢你。我们应该怎么报答你呢？我们什么都可以给你，不管是黄金还是土地。”国王说。

“我不需要黄金和土地。只要公主不嫌弃，我想成为公主的新郎。”珀尔修斯回答。

公主也非常愿意嫁给救自己的英雄。国王和王后也非常高兴地同意了。

四个人一同回到了王宫，王宫里已经摆好了宴席。但这时，公主的未婚夫带着军队闯了进来。

“我是公主的未婚夫！”

他是个小人，当公主遇到危险时，就逃跑，等到珀尔修斯救了公主后，他就又出现了。

珀尔修斯和公主的未婚夫打斗起来。

“不想变成石头的人，就把头都转过去！”

说着珀尔修斯就拿出了美杜莎的头。瞬时间，军队都变成了石头，公主的未婚夫也变成了石头。

珀尔修斯和安德洛墨达公主结了婚，并一同回到了母亲那里。

母亲见到了儿子非常高兴。但塞里福斯岛的国王见珀尔修斯没死，非常生气。

“美杜莎的头，带来了吗？”

“带来了。这个革囊里装的就是。”

“哼，说不定还是羊头呢。”

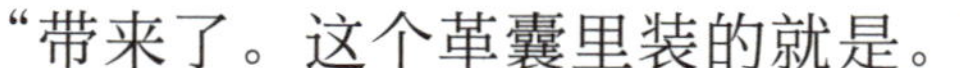

“您要确认一下吗？但最好还是不看的好。”

“看来你真的在说谎。”

珀尔修斯出示了美杜莎的头。国王一见到美杜莎的头，就立刻变成了石头。

后来，珀尔修斯在参加体育比赛时，投出的铁饼无意中将自己的外公阿克里西奥斯打死了。他因此离开阿尔戈斯，来到梯林斯，成为那里的王。后来的神话说，众神让他、他的妻子、岳父、岳母，甚至还有被他杀死的海怪，都升到天上，变成了天上的星宿。

建造迷宫的建筑师和他的儿子

代达罗斯和伊卡洛斯

代达罗斯是个出色的建筑师。

“我是天底下最出色的建筑师，今后也绝不会再出现像我这样优秀的建筑师了。”

起初，代达罗斯的外甥塔罗斯跟他学习雕塑，他很高兴，尽心尽力地教这个“徒弟”。可是几年之后，外甥的技术竟然超过了舅舅，并且好学的塔罗斯还利用动物的骨头发明了锯，利用两根树枝发明了圆规。因此代达罗斯开始嫉妒外甥了。

“这小子，长大后会不会成为比我还出色的建筑师呢。”

代达罗斯找了个机会，把塔罗斯从雅典卫城上扔了下去。可是法网恢恢，这件事终究还是被人发现了。为了逃避惩罚，代达罗斯带着自己的儿子伊卡洛斯，逃到了克里特岛。

另一方面,雅典娜可怜塔罗斯,派了布谷鸟接住了从雅典卫城上掉下来的塔罗斯。从此,布谷鸟开始怕高了,因此不在树上搭窝,也不敢在高空飞翔。

克里特岛的米诺斯国王,得知这世上最出色的建筑师代达罗斯来到了自己的国家后,非常高兴。国王委派代达罗斯给牛头人身的巨怪米诺陶洛斯建造了一所迷宫。

代达罗斯建造了一座极其复杂的迷宫,并把这头巨大的怪兽关在了迷宫里面。

米诺斯国王非常高兴地摆了宴席庆贺。

不过代达罗斯有些厌恶这个脾气暴躁的国王了。他一心只想回到自己的故乡。得知此事的米诺斯国王下了一道禁令:

"不管是谁,只要送代达罗斯渡河,都要被处死。"

不能坐船渡河的代达罗斯来到海边,望着自由飞翔的小鸟,心里想着:

"我要是能变成一只小鸟,就可以飞回故乡了……"

于是,他就研究鸟是如何飞行的。他开始收集整理大大小小的羽毛,把最小、最短的羽毛拼成长的羽毛。他又把羽毛用麻线在中间捆住,在末端用蜡封牢。最后,把羽毛微微弯曲,看起来完全像鸟翼一样。

然后他为自己和儿子各做了一对翅膀。

"克里特岛是米诺斯国王的,不过这片蓝天是属于我的。"

代达罗斯一大早就叫醒了儿子,给他示范了如何利用翅膀飞行的方法,最终教会了儿子飞行的方法。

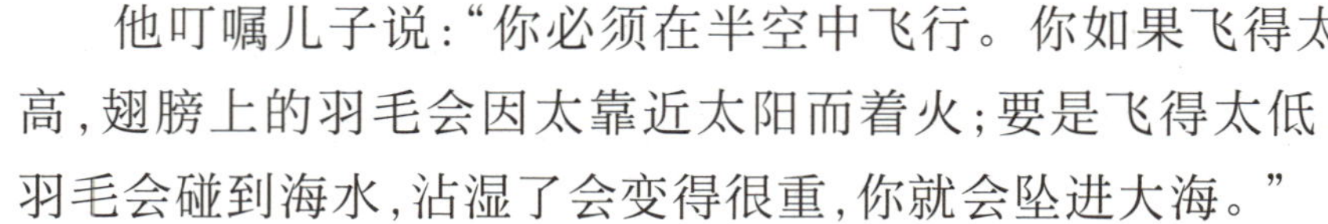

他叮嘱儿子说："你必须在半空中飞行。你如果飞得太高，翅膀上的羽毛会因太靠近太阳而着火；要是飞得太低，羽毛会碰到海水，沾湿了会变得很重，你就会坠进大海。"

伊卡洛斯按照父亲的指导，学会了飞行。

终于，两个人扇起翅膀渐渐地升上了天空。他们向着故乡的方向飞去。

"哇，那里有神仙飞过啊！"

地上的牧童看到他们，尖叫了起来。

这时，伊卡洛斯不由得骄傲起来。于是，他就操纵着羽翼朝高空飞去。

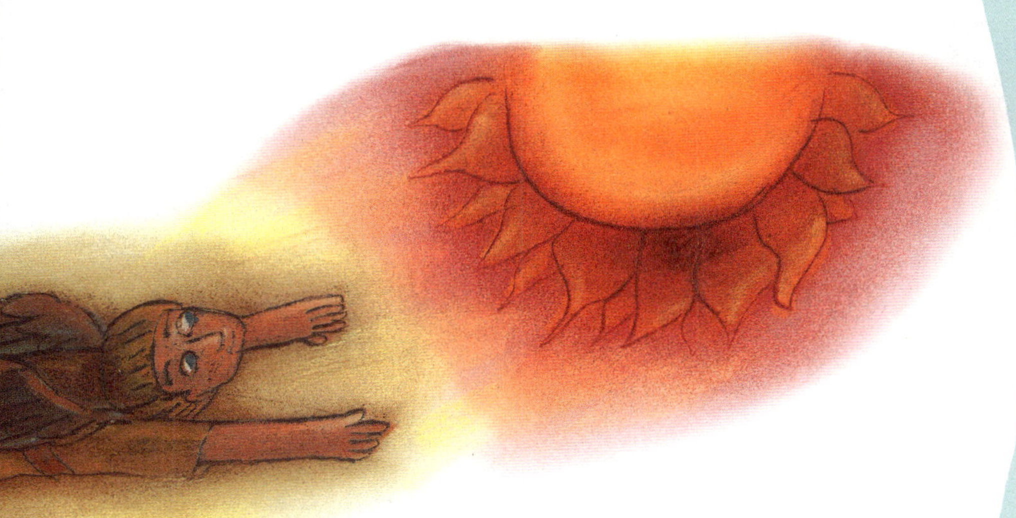

"儿子，这太危险了。"

但是，伊卡洛斯根本听不进去父亲的警告。他飞得越来越高。太阳强烈的阳光融化了封蜡，用蜡封在一起的羽毛开始松动。伊卡洛斯还没有发现，羽翼已经完全散开，从他的双肩上滚落下去。

"救命啊！"

伊卡洛斯坠入了大海，被巨浪淹没了。

代达罗斯找到了儿子的尸体，并将他埋葬了。这时，他想起了被自己推下城去的外甥，于是就不想再回到故乡了。他来到了西西里岛，在那里他建造了很多的神殿。但是，他不管在哪里都感觉不到幸福。

从迷宫里逃出来的英雄

忒修斯

雅典国王埃勾斯年轻时，在一次旅行中，偶然遇到了特洛伊国王庇透斯的女儿埃特拉。他们相爱了，两人最终结为了夫妇。

有一次，雅典卷入了战争。埃勾斯在回国的途中，把一把宝剑和一双金鞋藏在海边的一块巨石下，并告诉他的妻子，让儿子忒修斯长大以后，把这两件宝物找回来。

忒修斯终于长大成人了。一天，母亲埃特拉把儿子带到海边的岩石旁，对他说：

“这个巨石下面，藏有一把宝剑和一双金鞋。快带着它们去找你的父亲吧。”

“我的父亲是谁？”

“你父亲就是雅典国王埃勾斯。”

至今以为自己是没有父亲的忒修斯，听到自己的父亲竟

然是雅典国王埃勾斯后非常兴奋，他轻松地搬开了巨石，拿出了宝剑和金鞋。

在去雅典时，忒修斯故意选择了强盗和猛兽经常出没的道路。

接近雅典的时候，忒修斯遇到了一个叫普洛克路斯忒斯的恶徒。

普洛克路斯忒斯有一个铁床。被他抓到的人，将会被绑在铁床上。假如被抓的人，个子比铁床的长度短，就会被强

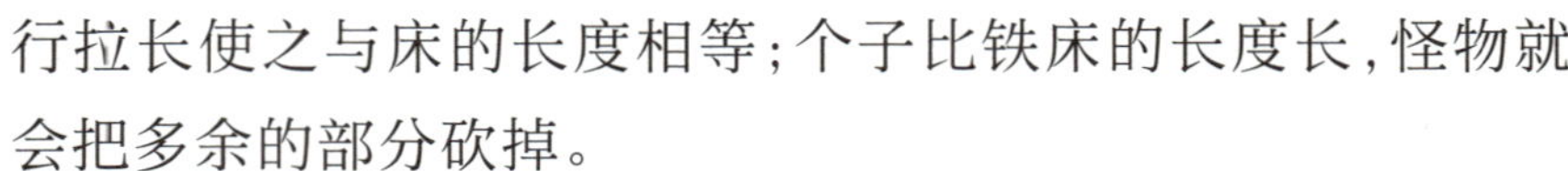

行拉长使之与床的长度相等；个子比铁床的长度长，怪物就会把多余的部分砍掉。

忒修斯早就知道了普洛克路斯忒斯的恶行。所以忒修斯抓到普洛克路斯忒斯后，就把他绑在了铁床上，并砍了他的头。忒修斯就这样一路上除掉了几个恶徒，来到了雅典。

“哦，我的儿子！”

父子俩一见面，就相互拥抱，激动得流下了热泪。

克诺索斯宫
像迷宫一样的克诺索斯宫位于克里特岛北部海岸线附近。

此后雅典在与克里特的战争中，被克里特打败了。作为战利品，雅典要送给克里特男女各七名。克里特的米诺斯国王便把这些战利品送给被困在迷宫里的怪物米诺陶洛斯，作为它的食物。米诺斯国王的恶行激怒了忒修斯，忒修斯对父亲说：

“请不要担心。就让我去处置那个怪物吧。”

“那我送你两面旗吧，一面是黑旗，另一面是白旗。假如你打败了那个怪物就插着白旗回来吧。”

“是的，父亲。”

忒修斯装扮成战利品中的一名，乘着插有黑旗的船，来到了克里特岛。

米诺斯国王早就知道忒修斯是埃勾斯的儿子了。

米诺斯国王的女儿对英勇的忒修斯一见钟情，所以她瞒着父亲偷偷地交给忒修斯一个线团和一把利剑，并叮嘱他：

“你要把线团的一端拴在迷宫的入口处，然后跟着滚动的线团一直往前走，一直走到丑陋的米诺陶洛斯居处。然后用利剑杀了它，最后沿着线团走出迷宫。”

忒修斯按照公主教给他的方法，进入迷宫，杀死了怪物。然后他沿着线团走出迷宫，回到了雅典。

但是，在回雅典时，他忘记了插白旗。在海边等待儿子归来的埃勾斯国王看见船上插的是黑旗。于是他想，“我的儿子肯定是被怪物吃掉了！”他跳入大海自杀了。

此后，忒修斯继承了父亲的王位，成了雅典的国王。

至尊英雄

赫拉克勒斯

赫拉克勒斯是宙斯与阿尔克墨涅所生的儿子。

当阿尔克墨涅生下赫拉克勒斯时，赫拉对阿尔克墨涅怀恨在心，于是就把两条毒蛇缠在了赫拉克勒斯身上。不过小小的赫拉克勒斯竟把两条蛇都捏死了。

赫拉克勒斯从小就受到了良好的教育，他长成了一个既聪明又勇敢的青年。但是，在赫拉的嫉妒下，赫拉克勒斯不得不成为表哥欧律斯透斯的部下。

感到委屈的赫拉克勒斯来到阿波罗神殿做了占卜。占卜的结果是：他必须为他的表哥欧律斯透斯完成12件苦差事，才能成为自由之身。

因此，他开始去完成这12件苦差事。第一件事是要去涅墨亚森林，杀死猛狮。

英勇的赫拉克勒斯仅用双手就把那只猛狮掐死了。

第二件事是杀死勒尔涅沼泽里的毒蛇。这条毒蛇长着19个脑袋,假如被砍了一个脑袋,它就会马上在原处长出两个脑袋,十分恐怖。不过它还是被赫拉克勒斯杀死了。

第三件事是引河水清扫奥革阿斯积粪如山的牛棚。那个牛棚里有3000多头黄牛,30年来一次都没有清理过。

赫拉克勒斯成功地引入了附近的河水,仅用一天时间就把牛圈清洗干净了。

赫拉克勒斯就这样,一件一件地完成了这些苦差事,终

迪斯尼电影《赫拉克勒斯》韩版宣传海报

这是一部描述赫拉克勒斯成为奥林匹斯英雄的动画片。

于获得了自由之身。

但是，有一次，他冲动地误杀了自己的朋友。为此，作为惩罚，赫拉克勒斯要服侍翁法勒女王三年。三年后，他与得伊阿尼拉结了婚，过上了幸福的生活。

结婚三年后的一天，他与妻子去旅行，来到了一条小溪边。这条小溪是由上半身是人，下半身是马的肯陶洛斯族人涅索斯守护的。人们只有向他交过河费，才能通过。

赫拉克勒斯自己过了河，把妻子交给了他。让他背妻子过河。

但是，背着他妻子的涅索斯不是帮她渡河，而是要逃跑。赫拉克勒斯一气之下，射死了涅索斯。

临死之前，涅索斯对伊阿尼拉说：

“请您保留我的一些血液吧。假如有一天，赫拉克勒斯喜欢上别的女人，你就把我的血液涂在他的衣服上，再给他穿上，这样他就会回心转意的。”

单纯的得伊阿尼拉相信了他的话。其实，涅索斯的血液里是有剧毒的。

不久，在一次战争中，赫拉克勒斯救了一位美貌的女子。得伊阿尼拉就怀疑自己的丈夫爱上了那个女子。

于是，嫉妒的得伊阿尼拉把涅索斯的血涂在了赫拉克勒斯的衣服上，再用清水除去了血迹。

不知情的赫拉克勒斯穿上了那件衣服。不一会儿，剧毒迅速地在他身上扩散。

“啊啊啊！”

赫拉克勒斯非常痛苦，想脱掉身上的衣服，可那衣服已经紧紧地贴在了他的身上。他只好开始撕扯衣服，扯下衣服后，身上已经是血肉模糊了。得伊阿尼拉这才明白过来自己犯了个大错误，于是她自杀了。

赫拉克勒斯觉得自己也活不下去了。他上了山，躺在草丛里，然后把狮子皮盖在了自己的身上，命令部下说：

“点火吧。”

大火瞬间包围了他的全身。但是，只有母亲给他的肉体部分被火烧光了，宙斯授予他的神灵却闪烁着金光，升到了天空。

宙斯把爱子赫拉克勒斯的灵魂变成了天空中的星座，这就是现在的狮子座。

酒神

狄俄尼索斯

有一天，忒拜公主塞墨勒向宙斯提出要求，要看宙斯真身，以验证宙斯对她的爱情。宙斯拗不过塞墨勒，只好在她面前现了真身。

结果塞墨勒被宙斯真身的雷火击中烧死了，宙斯抢救出了不足月的婴儿，这个孩子就是狄俄尼索斯。

狄俄尼索斯长大以后，发明了种植葡萄的方法和用葡萄酿制葡萄酒的方法。但是，嫉妒的赫拉把他变成了疯子，让他在世上到处流浪。

当他来到弗里吉亚时，瑞亚（宙斯的母亲）治好了他的病，并且教会了他祭祀的方法。狄俄尼索斯在亚洲流浪时，来到了印度。在印度他得到了启示，回到希腊，开始在希腊传播自己的信仰。

人们都疯狂地追随狄俄尼索斯。但底比斯国王彭透斯

却不喜欢他传播的宗教，所以对他下了禁令。

当狄俄尼索斯来到底比斯时，这里的男女老少都出来欢迎他。愤怒的彭透斯国王命令手下去抓狄俄尼索斯。

但是，他们没有抓到狄俄尼索斯，只抓了个信徒。

卡拉瓦乔的《酒神巴克科斯》

巴克斯科是酒神狄俄尼索斯的罗马名字。从图中透明的玻璃杯和通红的脸可以看出巴克科斯已经醉了。这个作品幽默地表现了巴克科斯是人而不是神。

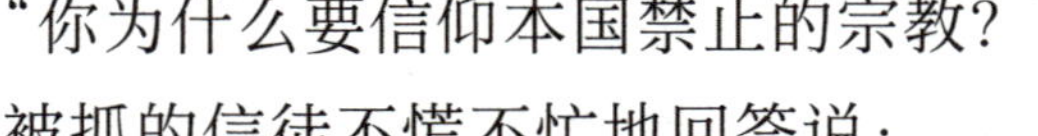

“你为什么要信仰本国禁止的宗教？”

被抓的信徒不慌不忙地回答说：

“我从小父母离异，成了船夫。有一天，一个去陆地取水的水手抓来一个少年，那个少年的脸上透露着神的气息。于是我就祈祷说：‘哦！神哪，请宽恕我们的无礼吧。’水手们都嘲笑我。这时，那个少年也就是狄俄尼索斯醒来了，并问我要把他带到哪里去。我回答，‘我们可以送你到你想去的地方。’少年又说，‘是吗？我的家在拿索斯。请送我到拿索斯吧。’‘好的。’但是，水手们想把他带到非洲，然后卖掉。‘叔叔，这好像不是去拿索斯的方向啊？’‘嘿嘿……放心吧。水路，我们比你懂。’水手们嘲笑着狄俄尼索斯，继续航行。可是，不一会儿，船就停在了大海中，一动不动了。水手们发现葡萄藤缠在了划桨上，狄俄尼索斯戴上了葡萄王冠，不知从哪里响起了笛声，接着又飘来了一阵葡萄酒的香气。突然，水手们一个接一个地跳入了大海，变成了海豚。狄俄尼索斯看到惊慌失措的我，对我说，‘请不要害怕。快把船开到拿索斯吧。’我就按照他的吩咐做了。到达拿索斯后，狄俄尼索斯马上举行了祭祀。”

听到这里的彭透斯国王大发雷霆。

“白听你说这么一大堆废话了，真是浪费时间。快把他拉出去斩了！”

生气的彭透斯国王亲自来到了狄俄尼索斯祭祀的地方。从山上传来了赞颂狄俄尼索斯的歌声。这时，也在参加祭祀活动的彭透斯国王的母亲，突然指着自己的儿子喊道：

“那里来了只野猪。”

听到这句话的人们，疯狂地奔向了彭透斯国王，就这样，彭透斯国王被人们打死了。发生这件事以后，信仰狄俄尼索斯的信徒，在希腊越来越多了。

故事里的故事

狄俄尼索斯的身世

狄俄尼索斯是宙斯和塞墨勒的儿子。塞墨勒是忒拜公主，宙斯爱上了她，与她幽会，天后赫拉得知后十分嫉妒，于是变成公主的保姆，怂恿公主向宙斯提出要求，要看宙斯真身，以验证宙斯对她的爱情。宙斯拗不过公主的请求，现出原形，结果塞墨勒被宙斯璀璨之焰烧死。宙斯抢救出不足月的婴儿狄俄尼索斯，将他缝在自己的大腿中，直到足月才将他取出，因狄俄尼索斯在宙斯大腿里时宙斯走路像瘸子，因此得名狄俄尼索斯，即“瘸腿的人”。

娶了自己母亲的

俄狄浦斯

忒拜(古希腊的一个王国)王拉伊俄斯没有儿子,所以他来到特尔斐的神殿,做了占卜。

“国王会有个儿子,可是儿子会杀了父亲,与母亲结婚。”

不久,王后果然生了个儿子。国王想起了那个可怕的占卜,于是就命令仆人把那个孩子扔掉。仆人可怜那个孩子,舍不得把他扔了,就把他放到山崖边,后来孩子被一个放牧的人救了。

放牧人将这个孩子交给科林斯王,科林斯王收养了这个孩子,并给他取名俄狄浦斯。

俄狄浦斯逐渐长成了一个青年。一天,俄狄浦斯来到神殿做了一个占卜,占卜的结果真是让他大吃一惊。

“你会杀死你的父亲,然后与你的母亲结婚。”

俄狄浦斯误以为收养自己的科林斯王就是自己的父亲,

阿波罗神殿遗址
最初的神殿被火烧毁了，再建的神殿也因地震而只剩下了几根柱子。

于是他为了避免命运的诅咒离开了科林斯。

一天，他在街上碰见了一辆马车。

“让开，快让开！”

马夫无礼地大嚷起来。恼火的俄狄浦斯把马夫拽了下来。这时，坐在马车上的老人发火了，用拐杖打了俄狄浦斯。俄狄浦斯一气之下，把马夫、老人和其他的仆人都杀了，然后离开了那个地方。

不久，他来到了忒拜。

忒拜有一个吃人的狮身人面像，所以整个国家都人心惶惶的。狮身人面像是个有着人面和狮身的怪物，它每天都抓一个忒拜的人，给他们出这样的谜语：

“早晨四条腿，中午两条腿，晚上三条腿的是什么？”

如果答不上来，被抓的人就会被它吃掉。至今还没有人答对过。

俄狄浦斯来到了王宫。

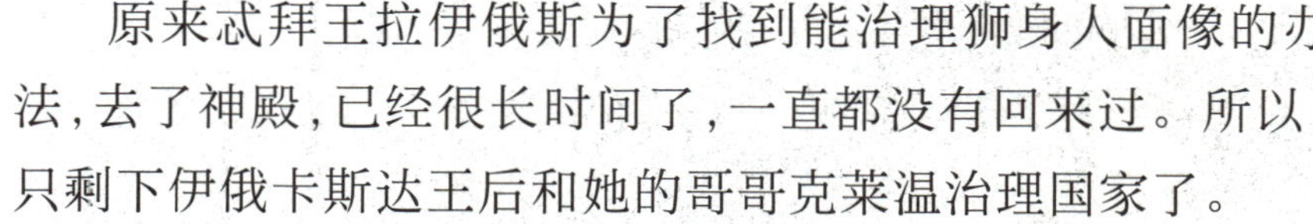

原来忒拜王拉伊俄斯为了找到能治理狮身人面像的办法，去了神殿，已经很长时间了，一直都没有回来过。所以，只剩下伊俄卡斯达王后和她的哥哥克莱温治理国家了。

“就让我去打败狮身人面像吧。”

“我要嫁给打败狮身人面像的英雄，并让他来当国王。”

王后从来没有想过眼前的这个青年竟是自己的儿子。

俄狄浦斯出发了。

狮身人面像给俄狄浦斯出了谜语：

“早晨四条腿，中午两条腿，晚上三条腿的是什么？”

“答案是人！人在婴儿时，是爬着走的，所以是四条腿；在青年时，则两条腿走路；到了老年，就会拄着拐杖，所以是三条腿。”

安格尔的《俄狄浦斯》
俄狄浦斯正在猜狮身人面像提出的谜语。

“你答对了。”

狮身人面像咆哮着跳入了大海，从此再也没有出来危害人。

就这样，俄狄浦斯与自己的母亲结了婚，成了国王。他们生了两男两女，过上了幸福的生活。

后来忒拜爆发了一种可怕的疾病，并发生了旱灾。

俄狄浦斯派克莱温去神殿，做占卜，了解疾病和旱灾的原因。克莱温做完占卜后，急急忙忙地赶回来，报告说：

“如果不为拉伊俄斯国王报仇的话，这样的灾难将会不断地出现。”

俄狄浦斯找到了那个占卜师，问他杀死拉伊俄斯王的凶手是谁。

“杀死拉伊俄斯国王的凶手就是俄狄浦斯王你啊。你在半路上杀死的那个老人就是拉伊俄斯国王，你现在的妻子就是你的母亲。”

“啊啊！怎么会这样……”

受到巨大刺激的伊俄卡斯达王后自杀了。俄狄浦斯王刺瞎了自己的双眼，离开了王宫，成了一个流浪汉。

为了美女的战争

特洛伊战争

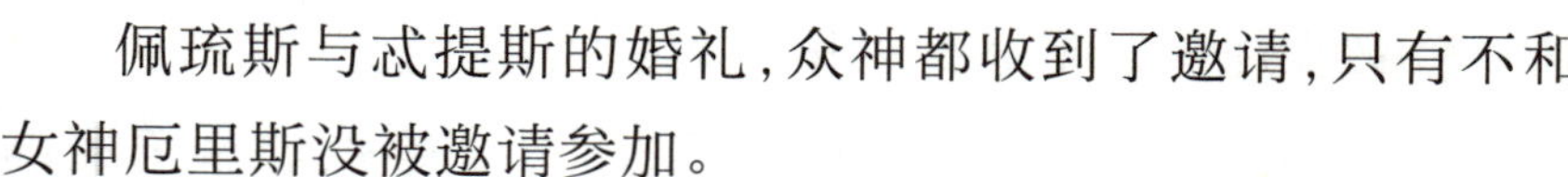

佩琉斯与忒提斯的婚礼，众神都收到了邀请，只有不和女神厄里斯没被邀请参加。

“哼，竟敢不邀请我。走着瞧。”

厄里斯非常不高兴，于是想出了一条诡计，从赫斯佩里得斯果园摘了一个金苹果，并写上“给最美丽的女神”，扔在了宴会上。赫拉、阿佛洛狄忒（维纳斯）及雅典娜三位女神都认为自己是理所当然应当得到这个苹果的。

“这是我的苹果！”

这是因为她们都各自认为自己是最美丽的。

“宙斯大人，您认为这个苹果应该是谁的呢？”她们三人找到众神之父。

宙斯拒绝做裁判，于是三人带着苹果来到伊达山上，找帕里斯做裁决。

帕里斯是特洛伊的王子，有这样一个预言，就是帕里斯王子会毁灭特洛伊。因此，他在刚出生时，就被遗弃在了草丛里。经过那里的牧人收养了他。

“帕里斯，你说我们三个中，谁最美丽？”

帕里斯有些摸不着头脑了，这时三个女神都以奖品诱惑她。赫拉答应让他当全亚洲的王；雅典娜给他最高的军功；而阿佛洛狄忒则给他世上最漂亮的女子做妻子。帕里斯把金苹果交给了阿佛洛狄忒，并说她是最美丽的。

特洛伊遗址（局部）
这里因发生特洛伊战争而出名。

阿佛洛狄忒非常高兴，不过赫拉和雅典娜却成了帕里斯的敌人。

之后，帕里斯回到了特洛伊参加了英雄们的竞技，连力气最大，最勇猛的赫克托尔也败给了他。

特洛伊的国王普里阿摩斯认出帕里斯是自己的儿子，于是帕里斯成了王子。一天，成为王子的帕里斯受到了阿佛洛狄忒的唆使。

“帕里斯，我带你去见这世上最美丽的女子吧。”

世界上最美丽的女子是古希腊斯巴达城墨涅拉奥斯王

的王妃海伦。

海伦真是非常有魅力，在她年轻的时候，曾经有过很多英雄豪杰都提出要与她结婚。在她选择墨涅拉奥斯王的时候，另一个追求者奥德修斯说：

“我们这些追求者也都是很爱海伦的。所以以后不管她发生什么事，只要她需要我们的帮助，我们就赶过来帮助她吧。”

“好的！”

追求者们虽然没有得到海伦，但是都发誓可以为她做一切事情。

海伦与墨涅拉奥斯王过着幸福的生活。

这一天，特洛伊的王子帕里斯来到了他们的宫殿。墨涅拉奥斯王和海伦热情地招待了他。

不过阿佛洛狄忒早已给帕里斯施了法术，所以帕里斯一眼就喜欢上了海伦。

“啊、啊……她实在是太美丽动人了。”

帕里斯向海伦表达了自己的心声。海伦当然不会同意了。于是帕里斯在阿佛洛狄忒的帮助下，把她诱骗到了特洛伊。

墨涅拉奥斯王知道自己的妻子被帕里斯抢走以后，立刻把这件事告诉了那些曾经许诺要帮助海伦的追求者们。当时，这些追求者们都已经成了各国的王或者将军了。

这些人得知这个消息以后，立即率领着军队集结到了墨涅拉奥斯王所在的斯巴达城。就这样，特洛伊战争开始了。

啊！即将灭亡的特洛伊

特洛伊木马

以特洛伊王子帕里斯诱骗斯巴达王后海伦为导火线的特洛伊战争，导致了希腊众神和英雄们被分成特洛伊和斯巴达两派，战争持续了9年，仍未分出胜负。

最终，特洛伊最勇猛的英雄赫克托尔和斯巴达英雄阿喀琉斯都战死了。帕里斯也中了大力神赫拉克勒斯的毒箭死了。不过特洛伊还没有沦陷。

希腊勇士奥德修斯为了尽早结束这场战争，偷了守护特洛伊城的雅典娜神像，但特洛伊还是没有被打败。

奥德修斯心想，光靠武力是战胜不了特洛伊的。

于是他想了一个办法。奥德修斯命令士兵造了一个巨大的木马，并在木马里面藏了很多士兵。然后命令自己的军队撤退。

“敌人为什么都撤退了呢？”

特洛伊的士兵都站在城墙上,莫名其妙地望着敌军。

“可能是因为打不过我们了,所以就撤退了呢。”

特洛伊人对敌人的撤退感到有些不安。敌人真的都坐船离开了,只留下了一只巨大的木马。敌人一离开,特洛伊人就打开了城门,尽情地庆祝这来之不易的和平与自由。

不过,特洛伊人对木马很好奇。

“这是什么东西？”

“这可能是送给我们的战利品吧，快把它带进城里。”

这时，阿波罗神殿的一个祭司拉奥孔突然喊道：

“各位，这不是什么战利品。”

接着他把手中的长矛刺向了木马。长矛刺中了木马的腰部，他们听到了人的叫声。这时，他们又俘获了一个男子，那个男子吓得直哆嗦。

“你是什么人？”

“我是希腊人斯恩。奥德修斯把我遗弃在了这里。”

格列柯的《拉奥孔》

倒在中间的是祭司拉奥孔，两边是被蛇咬的他的儿子们。作品以乌云和阴森的都市为背景，与蛇斗争的拉奥孔父子给人一种恐怖的感觉。

“那你说说那个木马是怎么回事。”

“这个木马是希腊人用来祭祀雅典娜女神的。木马如果进了特洛伊城就会给希腊军队带来灾难。但是,会给特洛人带来神的赐福,所以希腊人把木马造得这样巨大,使特洛伊人无法拉进城去。”

特洛伊人有些被说服了。但是,并没有完全相信。这时从海里窜出两条可怕的蛇,扑向了拉奥孔的两个儿子。

拉奥孔想去救儿子,但他也被蛇缠住了。拉奥孔和他的儿子拼命与巨蛇搏斗,但很快都被蛇缠死了。

“这是因为他想毁掉献给女神的礼物,所以受到了惩罚。”

“对,巨蛇为什么没有缠别人,而只是缠了拉奥孔父子呢?”

特洛伊人赶紧把木马拉进了城,并举行了祭祀活动。

当天晚上,特洛伊人沉浸在胜利的喜悦当中。殊不知,那个劝说特洛伊人把木马拉进城的希腊人斯恩其实是个间谍。当人们熟睡时,他走到木马边,轻轻地敲了三下,这是约好的暗号。藏在木马中全副武装的希腊战士一个接一个地跳了出来。他们打开了城门,这时隐蔽在附近的大批希腊军队如潮水般涌入特洛伊城。希腊人把特洛伊城掠夺一空,烧成一片灰烬。就这样,特洛伊灭亡了。

每天都长十尺的

盘古

中国也有创世神话，其中盘古的故事是最具代表性的。

在天地还没有分开的时候，宇宙既黑暗又潮湿，乱七八糟的，就像是一个巨大的鸡蛋。这个巨大的“鸡蛋”里，孕育着盘古。

盘古在这个“鸡蛋”里酣睡了18000年。

有一天，盘古从睡梦中醒来，环顾四周。

“这里是什么地方！什么都看不到，四周混浊一片。”

盘古怒气冲天，拿起大斧头就四处乱砍。

就这样，巨大的“鸡蛋”破碎了。

其中，轻的、清澈的东西都飘了起来，形成了天；而重的、浑浊的东西都沉了下来，形成了地。

“啊，这下好了。可是天和地要是又合在一起的话，那该怎么办呢？我要撑开天地，不让它们合起来。”

中国的万里长城
被联合国教科文组织列入世界文化遗产，具有重要的历史价值。

盘古为了不让天地重合，于是就用自己的头顶着天，用脚踩着地。

但是，天每天都会上升十尺，地也会每天厚十尺。为此，盘古也不得不每天长高十尺。

就这样，又过了18000年。天已经非常非常高了，地也变得非常非常厚了。盘古的个子也已经很高很高了，都达到九万里了。

天和地分开以后，逐渐变得坚固，已经不可能再塌了。

可是，盘古因支撑天地太久而累死了。

盘古死后，他身体的各个部分都变成了其他东西。他呼出的气变成了风和云；声音变成了轰隆隆的雷声；左眼变成了太阳；右眼变成了月亮。

然后，他的手脚和身体变成了地上的四个柱子和五座大山；血液变成了河水；肌肉变成了大道，肉变成了田野；头发

和胡须变成了天上的星星；皮肤和汗毛变成了花、树及草；牙齿和骨头变成了闪闪发光的宝石和贵金属；汗水变成了露水。

洪水

在天地开辟以后，地上还没有人出现的时候，一位力大无比的神带着自己的儿女来到了凡间。

这位神用草木搭建了房屋，并把苔藓铺在了屋顶上。这时，瞬间电闪雷鸣、狂风呼啸、骤雨突至。这位神很快就明白过来了，原来是平时与他有过节的暴风雨神——雷公干的。

于是神就把一个坚固的铁丝网袋挂在了屋檐下，然后拿着兵器等待雷公下凡。

果然，随着电闪雷鸣，恶狠狠的雷公拿着大斧头出现了。

勇敢的神不慌不忙地用兵器制服了雷公，并把他放进了事先准备好的那个铁丝网袋里。

“哈哈哈！我要把你当成明天的早饭吃掉。但是你这个暴风雨神会不会有腥味啊，我要去找点香料回来。”

神叮嘱自己的儿子，不管发生什么事都不要让雷公喝到

水，之后，他就去寻找香料了。但是，神刚一出门，雷公就摆出非常痛苦的样子，好像就要咽气了似的。

“啊啊……我快要渴死了。快给我一碗水喝吧。”

“我父亲嘱咐我，不能给你水喝。”

“不能给一碗，那就给一杯也好啊。妈呀，我快不行了……”

“一杯也不能给。”

“那你就在手上蘸点水，往我的嘴唇上滴一滴吧。啊啊！真的好渴啊！啊啊……”

雷公装出很可怜的样子，闭上眼睛，张着嘴，等待着小孩子们给他滴水。见到这种情景，神的儿女们都有些心软了。

“哥哥，他太可怜了，就给他滴几滴不行吗？”

“父亲说，不可以的……”

“看看他，就快咽气了。”

“好吧，那就滴几滴吧。”

于是兄妹俩就在袖子上蘸了一点水，滴在了雷公的嘴唇上。嘴唇上沾到水的雷公，瞬间发出了巨大的雷鸣声，他逃出了铁丝网袋。

两兄妹吓得直哆嗦。雷公拔了两颗自己的牙齿，给了兄妹俩。

“孩子们，把这个种到地里吧。以后要是遇到了什么麻烦，就藏在它的果实里，这样就可以躲过灾难。”接着，雷公就乘着闪电消失了。孩子们傻傻地望着天空。父亲终于找到香料回到了家，却发现雷公不见了。

“天哪，出大事了！肯定会有一场大灾难。”

父亲拿来工具和材料，准备要造一艘大船。孩子们种了雷公给的牙齿。牙齿很快就发芽，长出了枝干，不到一天的时间，就开花结果了。

第二天早晨，果实变成了巨大的葫芦。孩子们切开了葫芦，里面竟然有密密麻麻的牙齿。孩子们把里面掏空后，尽情地在里面玩耍起来。

又过了一天，父亲的大船也造好了。

突然，天上刮起了狂风，下起了暴雨，地上也到处冒出水来。

“是雷公复仇来了。快上船！”

但在狂风暴雨中，孩子们根本听不到父亲的声音。害怕的孩子们只好躲藏在葫芦里。

瞬间，大地变成了大海。父亲的大船和孩子们的葫芦都漂在水面上。水很快就涨到了天界的入口，父亲稳稳地把船停靠在了入口。

“快开门！快开门！”

“是谁在敲门啊？”

天神们都感到惊讶，这时水神回答道：

“雷公引起了洪水，水已经涨到了天界的入口。”

“什么，如果大地已经被水淹没了，天很快也会被淹的。快放水。”

“是的。”

水神把大地上的洪水引入了大海。于是，涨到天边的水一下子降了下来。船和葫芦也跟着摔到了地上。大船被摔得粉碎，神也被摔死了。而葫芦却轻轻地在地上弹了几下，安全地着陆了，藏在葫芦里的孩子们安然无恙地活了下来。

制造穷人和富人的女娲

天地开辟，万物生长。地上草木茂盛；天地之间，鸟兽纵横；河水中，鱼儿畅游。

山水田野呈现出一片美丽的景色。但这空旷的世界给人带来一种凄凉的感觉。

有一天，女娲走在大地上，突然感觉到有些空虚和寂寞。

“这世界好像缺少了些什么东西，所以会感到空虚，没有生气。但到底缺少什么呢？”

女娲在地上坐了下来，看到了一堆黄土。于是她就往黄土上洒了水，开始制造起东西来。

不一会儿，她就造出了与神相似的某种东西。这个东西既会哭又会笑，还跳来跳去的，并且还能说话。

寂静的大地就像是刚从睡梦中醒来一般，恢复了生机。

“对了，就是这个！”

这个东西的大小虽比神小，但他们的样子与神相似，所以他们和其他的动物不同，非常聪明伶俐，正合女娲的心意。于是女娲就继续制造他们。造男的，又造女的……

女娲就这样制造出了人类。

女娲对自己制造的人类非常满意。她想制造出更多的人类来填满整个世界。

但是，想填满整个世界实在是太难了，再加上，她已经干得很累了。于是她就想出了一个既轻松又快速的制造人类的方法。

“对，就这么做吧。”

女娲找来了一根树枝，把树枝伸入泥浆中，然后拿起树枝一甩，泥浆洒落在地上，就变成了一个个的人。

就这样，每当她甩树枝时，就能造出一大堆人。据说，贫贱的人就是女娲用树枝蘸泥浆，把泥浆洒落在地上变成的；

而富贵的人是女娲亲手抟(tuán)黄土造的。

“虽然人类遍布了整个世界，但是人类终究不是神仙，早晚有一天会死掉的。所以当到了人类死光的那一天，世界又会变得空虚……”

于是女娲参照世上万物传宗接代的方法，让人类也男女配合，繁衍后代，所以人类才会延续到现在。

有一天，水神共工和火神祝融打起仗来，结果祝融胜利了。但败了的共工不服，一怒之下，把头撞向不周山。

不周山上有根撑天的柱子。共工这一撞，不周山崩裂了，支撑天地之间的大柱子也折断了。

天倒下了半边，出现了一个大窟窿；地也陷成一道道大裂纹，山林燃起了大火，洪水从地底下喷涌出来，龙蛇猛兽也出来吞食人类。人类面临着空前的大灾难。

伏羲女娲图

有时女娲代替燧人被称为三皇之一。

“这些猛兽竟敢伤害我造的人！”

女娲选用各种各样的五色石子，架起火将它们熔化成浆，用这种石浆将残缺的天窟窿填好了。随后又斩下一只大海龟的四只脚，当做四根柱子把倒塌的半边天支起来。她还收集了大量芦苇，把它们烧成灰，埋塞向四处铺开的洪流。还擒杀

了残害人类的飞禽走兽。

但这场特大的灾祸还是留下了痕迹。天从此有些向西北倾斜，因此太阳、月亮和众星辰都很自然地归向西方；而地向东南倾斜，所以一切江河都往那里汇流。

故事里的故事

伏羲和女娲

相传伏羲(xī)的母亲华胥(xū)氏有一次外出，在雷泽中无意间看到一个特大的脚印，好奇的华胥氏用她的足迹丈量了那个特大的足迹，竟不知不觉感应受孕，怀胎12年后，伏羲降生了。

在流传下来的有关伏羲和女娲的记载中，能够看到他们一个代表太阳，一个代表月亮，也就是说，那个时候太阳和月亮不仅仅是天文上的主要观测对象，而且也有中国传统所讲的阴阳关系，即日月关系，太阳和月亮的这种运转规律就形成了后来的历法。所以对伏羲和女娲可以理解成是天文和人文相结合的。

在中国古代图像资料里伏羲拿一个“圭”，类似“三角尺”；女娲拿一个“规”，就是圆规，这就表示天圆地方。

传说伏羲和女娲经过多年的观察后，画出了“八卦”，是用8个符号分别代表天、地、水、火、风、雷、山、泽，并利用八卦进行占卜吉凶，希望得到神意的显示。

伏羲把天、地、人之间复杂且互相依赖的关系以及既有对立、又有相辅相成这种变化相克的关系，变成了这样一个符号系统留给后世，对后世的影响非常大，奠定了中国乃至整个东方文化思想的一个重要特征。

农业、医药、乐师之神

神农

在神农（神农氏）出生的时候，地上自然地形成了9口水井。这9口井都相互串联着，只要从一口井中取水，另外几口井的水也会跟着波动。

神农长大以后，看到人们因缺乏食物而痛苦，于是就教会了人们耕种。正当人们耕地时，从天上掉下来了五谷种子。

人们都呆呆地望着种子。神农把种子埋在了已经耕好的地里，人们也学着神农把种子播撒在了田地里。不久，种子就开始发芽，长出枝叶，最后还结了很多的果实。

这时，一只红色的小鸟嘴里叼着稻谷飞过此地。几颗稻粒从小鸟的嘴里掉了下来，神农马上把这些稻粒种在了地里。没过多久就结出了丰硕的果实。

那些果实吃一点就能填饱肚子，而且还能治病，使人们

健康长寿。

神农既是农业的发明者,又是医药的发明者。

他有一个叫做神鞭的宝物。他带着神鞭走遍了深山,试了无数种草药,并且掌握了这些草药的毒性和药用原理,还用它们治好了许多百姓的病。

神农还亲自试尝草药,了解它们的毒性。有时他一天要中十几次毒。

至今中国山西省太原市某地还留有着神农试草药时用

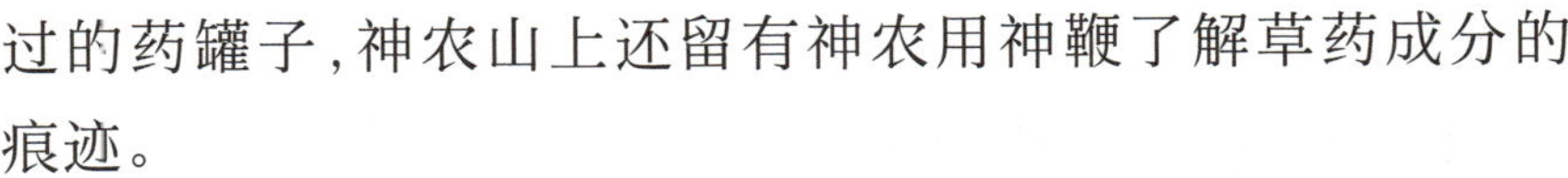

过的药罐子，神农山上还留有神农用神鞭了解草药成分的痕迹。

托神农的福，人们解决了吃饭和治病的问题，但是还有一些其他的不便之处。神农为了解决这些问题，第一个建立了市场，使人们在市场上自由地换取自己所需要的东西。

但是，当时还没有手表，人们无法在同一时间到市场上来进行交换。于是神农规定太阳升到人们的头顶时，就到市场来进行交易，太阳落到西山时，就可以回家。这样，人们就感到非常便利了。

就这样，神农教会了人们耕种、治病和做生意等生活必需的活动。后来，他在尝试一种叫做断肠草的草药时，中了剧毒，肝肠寸断而死。

神农为了人类献出了自己宝贵的生命。

故事里的故事

中国的“三皇”

“三皇”是指在中国最先建国治民的燧(suì)人氏、伏羲氏、神农氏。燧人氏教给人们用火的方法，使人们用火煮食物吃；伏羲氏教给人们抓鱼和饲养家畜的方法；神农氏教给人们耕种的方法，使人们定居在一处。

《农书》里的神农图

西方天神

少昊

皇娥仙女每天在天宫中用五颜六色的彩丝织布，常常忙到深夜也不知疲倦。有时为了轻松一下，她便乘着木筏，荡漾在浩瀚的银河中自娱自乐。

有一天，皇娥又乘木筏，沿着银河溯流而上，来到西海边的穷桑树下，把木筏停下。此树高达万丈，根深叶茂，花繁枝盛。叶子是红的，果实是紫色的。据说，这棵树一万年才结一次果实，吃了这种果实，寿命将比天还长。

当皇娥正在穷桑树下浮想联翩的时候，忽然看见一位英俊的小伙子从远处徐缓而来。原来这个小伙子就是启明星，他琴弹得非常好。每当启明星弹琴时，皇娥就会伴着悠扬缠绵的琴声，情不自禁地吟唱。皇娥和启明星依偎在一起，沉浸在爱情的幸福中。两人每天都划着木筏，在银河里畅游。

不久，皇娥生下了一个儿子，他就是少昊。

少昊长大成人之后，在东海之滨建立了少昊国。少昊国与其他国家不同的是以各种各样的鸟儿作为文武百官。

燕子、伯劳、鹦雀、锦鸡分别掌管四季，凤凰总管百鸟。

鹁鸪(bó gū)鸟在下雨时，让妻子去窝外面住，等雨晴了又会把妻子找回来。于是大家都公认鹁鸪鸟很会教育妻子，而有教养的妻子，肯定会孝顺父母，所以鹁鸪被命令掌管教育。

凶猛的鸷(zhì)鸟掌管军事，公平的布谷掌管建筑，威严的苍鹰掌管法律，善辩的斑鸠掌管言论。

各种各样的鸟儿都“鸟尽其材”，各司其职，协调活动。因此，一到开会的时间，百鸟齐鸣，一时间，莺歌燕语，嘈嘈杂杂。有轻盈灵巧的麻雀，有五彩斑斓的凤凰，有普普通通的喜鹊，也有引人注目的孔雀。而一国之君少昊就根据诸鸟的汇报，来论功行赏，论过行罚，一切都显得那么井井有条。百鸟们无不感激少昊的慈爱和德政，无不佩服少昊的智慧和才华。

少昊见百鸟之国到处呈现繁荣向上的景象，十分欣慰。这时，他的侄儿颛顼(zhuān xū)来找他了。少昊将父亲传下来的那张琴搬出来，手把手教颛顼弹奏，以便使侄子提神和娱乐。几年后，颛顼长大成人，便要回到自己的国家，最后他成了北方的天帝。颛顼一离开，少昊便觉得空荡荡的，心里别提有多寂寞了。每次看到那琴，只能给他增添思念和烦恼。于是，他便拿起琴扔进了东海。从此，每当更深夜静、月朗星稀的时候，那平静的海面便飘荡着婉转悠扬、凄凄切切的琴声，让人流连忘返，惊叹不已。

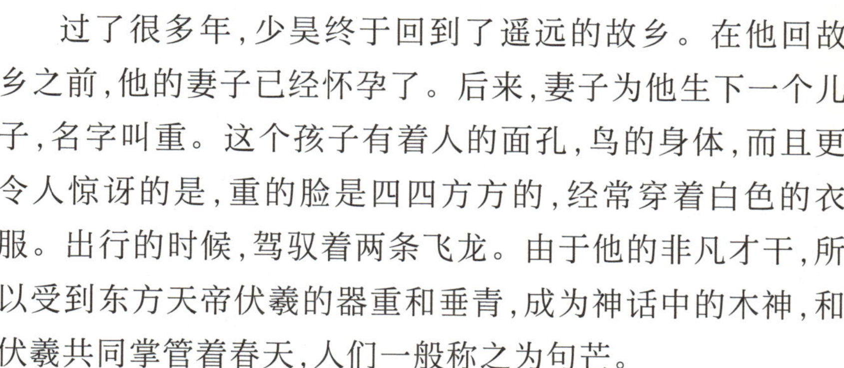

过了很多年，少昊终于回到了遥远的故乡。在他回故乡之前，他的妻子已经怀孕了。后来，妻子为他生下一个儿子，名字叫重。这个孩子有着人的面孔，鸟的身体，而且更令人惊讶的是，重的脸是四四方方的，经常穿着白色的衣服。出行的时候，驾驭着两条飞龙。由于他的非凡才干，所以受到东方天帝伏羲的器重和垂青，成为神话中的木神，和伏羲共同掌管着春天，人们一般称之为句芒。

少昊在回到故乡后与一个叫“海”的儿子，一同掌管着一万两千里的土地。

他在故乡的主要任务就是每天观察太阳是否准确地在西山落下。

他的儿子海为了帮助他，每当太阳落山的时候，就会在西边的天空中，铺上一片彩霞。海还帮助少昊治理着国家。

故事里的故事

中国的“五帝”

“五帝”是指“三皇”之后的“黄帝、颛顼、帝喾(kù)、尧、舜(shùn)”等五位皇帝。其中，黄帝是最初下令发明汉字的人，他还发明了衣服和车轮，提高了百姓的生活水平。黄帝打败了北方的蚩(chī)尤，统一了中国，所以人们称他是华夏民族的始祖。尧、舜两位皇帝善用以德治国，使当时的社会稳定，生活水平大幅度地提高，所以人们称那个时期为“尧舜时代”。

活到800岁的

彭祖

颛顼的后代中，属彭祖最有名。

彭祖是颛顼的曾孙陆终的儿子。传说，陆终的妻子女馈怀胎3年，却不生产。于是就用刀切开了肚子，里面竟有怀有6个孩子。彭祖就是其中之一。

到商朝末年，彭祖已有700多岁。尽管这么大年纪，可他仍不显衰老。

商朝君王派彩女询问彭祖长寿的秘诀。

“人最多只能活到100多岁，您怎么能活到这么大的岁数啊？有什么长寿的秘诀吗？可否告诉小女。”

彭祖回答说：

“是有一种可以使人长寿的秘诀，不过我见识短，不懂得如何使人长寿。当我还在我母亲肚子里的时候，我父亲就去世了，3年之后，我母亲也离开了人世。变成孤儿的我，又

恰逢战乱，四处流浪，最终流落到了西域，在那里生活了100年。活到现在已有49位妻子相继离开人世，还有54个孩子比我先离开了人世。我的一生也经历了很多忧愁啊！再加上，我从小就体弱多病，成人以后也并不健壮。正如您所见，我就只是个瘦小的老头，不久也将离开人世，怎能知道长寿的秘诀呢？”彭祖说完，唉声叹气地离开了。

此后，又过了70多年，有人发现他还在流沙国游玩。

“快离开人世的彭祖，怎么过了70多年还在世呢？”

“看来彭祖肯定还有什么长寿的秘诀没有告诉别人。”

“对。彭祖肯定有长寿的秘诀。”

“但彭祖是如何做到长寿的呢？”

“可能是因为他每天都在吃草药吧。”

“要不就是与他的呼吸方法有关吧。”

人们都在暗自猜测彭祖长生的秘诀，但他们都猜错了。其实，彭祖善于调制味道鲜美的雉羹(野鸡汤)。

他把雉羹献给尧帝食用，尧帝非常满意，非常喜欢他的料理，对彭祖称赞不绝：

“我为什么没有早点吃到这么鲜美的料理呢。为了报答你，我可以把你的寿命延长至800岁。”

“800岁？天哪！太感谢您了。”

就这样，彭祖活到了800岁。但是，他活了800年还觉得没有活够。在临死之前，感叹道：

“我还没有活够呢，可是我就要死了？啊，人生真是太短暂了……”

仰望四方的

黄帝

黄帝住在昆仑山的宫殿里。昆仑山是天与地的接壤之处，所以，黄帝既能登天统治天界又能下凡统治人间。

据说，黄帝有4个头，可以同时看到东西南北4个方向。所以，不管天下发生什么事，都逃不过他的眼睛。

有一次，在昆仑山南侧，一个长着人脸龙身的恶神和一个女恶神串通杀害了另外一个神。

“嘻嘻嘻！就算是黄帝也不会知道我们所干的事情。嘻嘻嘻……”

但是，长着4个头的黄帝，已经看到了他们所做的一切。

“你们这些恶神……来人啊，快把他们抓到山上处死！”

转眼间，黄帝的侍者就抓到了他们，并把他们处死了。

这两个恶神死后，他们的恶气并没有散去。这些恶气留在凡间，总是祸害百姓。

中国北京的故宫
故宫位于北京，修建于明清时期。

其中一个恶神变成了与鹰相似的长着红色爪子，白色脑袋和黄色条纹羽毛的山鸡，只要它一出现就预示着旱灾。

另一个恶神变成了红嘴虎爪的巨雕，它一出现就预示着战争。

还有一次，一个叫做维拉的神串通叫做伊傅的神，杀害了与其有矛盾的叫做薛游的神，这件事也被黄帝看到了。

黄帝立刻派了侍者把这两个恶神抓了起来，并绑在了山顶。然后用不死药救活了冤死的薛游。但是，薛游得到重生后就跳入了昆仑山下的池水里，变成了食人的怪物。

黄帝虽然也会有过错，但是他还是时刻为百姓着想，专门整治恶神。

一次，黄帝去衡山郊游时，遇见了一个叫做白泽的神圣

中国北京的天安门

的动物。

白泽虽然是动物，但是它能听懂人和神的话，而且还很清楚地知道哪座山有什么妖怪。

“呵呵，它对妖怪了解得如此清楚，真是太好了。”

黄帝根据白泽的介绍绘制了所有妖怪的图形，并对其附加了说明，制作了一本妖怪目录。这个目录里囊括的妖怪至少有11520种。从这时起，黄帝捉拿妖怪就易如反掌了。

黄帝还曾在泰山召集了天下所有的神仙。

黄帝乘坐着毕方鸟牵引的巨型轮车，后面还跟着六条龙。蚩尤带领着一群猛兽赶了过来，雨师和风伯也跟在了后面。

风伯就是风神。风伯鹿身，头如雀，有角，蛇尾豹纹。

雨师是专门掌管雨的神仙。他的身体虽然像蚕，但是他能呼风唤雨。

凤凰在天上飘舞，队列里的神蛇在护卫着黄帝，轮车后面跟着一大堆侍者。

黄帝创作了一首悲伤的歌曲，这首歌曲感动了天地间所有的神仙和妖怪。

故事里的故事

黄帝城

黄帝城

黄帝城，亦称轩辕城，位于中国河北省涿鹿县矾山镇三堡村北50米处。据传，黄帝城即黄帝所建华夏第一都城。黄帝城为不规则方形夯土城，东西宽450～500米，南北长510～540米，残存城墙高5～10米，底厚约10米，顶厚3米左右。遗址内陆续发现了大量陶器、石器，均以距今5000年左右的仰韶文化和龙山文化为典型，与黄帝所处时代相一致。

想成为最高统治者的

蚩尤

蚩尤共有81个兄弟。他们个个都是铜头铁额，兽身人脚，三头六臂，头顶还长着坚固的角，耳边的毛像刀枪一样尖锐。

蚩尤吃沙子、石头和铁，善于使用刀、斧、戈作战。不仅如此，他还有超出常人的神力。于是，他就产生了一种不满于现状的傲慢。

蚩尤想打败黄帝成为众神之首。黄帝在泰山召集众神时，蚩尤很快就赶来，他想察看一下黄帝的实力。

“呵呵，原以为黄帝有多可怕呢，只不过如此嘛。”

蚩尤在攻打黄帝之前，首先带领着自己的兄弟和妖怪攻打了太阳神（炎帝）神农。善良的神农怕战争会伤害到百姓，于是没有和蚩尤对抗，直接把首领的位子让给了他。神农撤退到了涿鹿。

"哈哈哈！从现在起我就是这儿的首领了！"

蚩尤成了首领，收买了苗族，扩充军队，准备与黄帝作战。勇敢的苗族部落原来是黄帝的后代，现在却成了蚩尤的军队。

准备就绪的蚩尤率军南下了。炎帝没办法，只好向黄帝请求帮助了。

"涿鹿本是我的领地，蚩尤竟敢攻打涿鹿，这是在向我宣战。绝对不能放过他。"

树立在中国山东省巨野县的蚩尤铸像

黄帝召集了众神和龙、虎、熊等猛兽，准备与蚩尤作战。但是，黄帝的军队根本就不是蚩尤的对手。

蚩尤用妖术制造了一场大雾，使黄帝的兵士迷失了方向。

"看不见前方了。要往哪进攻啊？"

"哈哈哈！你们都成了瓮中之鳖。要活命的话，就快点投降。"

黄帝利用天上北斗星永远指向北方的现象，造了一辆"指南车"，指引兵士冲出迷雾。

“到手的黄帝就要跑了！来人啊，你们快去吓唬吓唬他们！”

“嗨！”

蚩尤给妖怪下了命令，妖怪们开始发出使人胆战心惊的鬼叫声。黄帝的士兵听到声音后，都失魂落魄，又迷失了方向，他们被鬼叫声吸引住了，然后被妖怪凶残地杀害了。

看到沮丧的黄帝，一个部下对他说：

“听说，妖怪们要是听了龙的吼声就会全身麻痹。”

“是吗？那赶快让号手吹龙吼声！”

号手们立即吹起了龙吼声。听到龙吼的妖怪们都吓破了胆，浑身麻痹，昏死过去了。

树立在中国湖南省花垣县的蚩尤铸像

“哈哈哈！再让你们尝尝雨龙的颜色！雨龙，快下一场大雨，把他们都冲走吧！”

兴奋的黄帝让雨龙下起了雨。

“哼，小小的龙能下多少雨。看我们的吧。雨师，快用雨冲掉黄帝的寝宫。风伯，快用风把他们都吹走！”

收到蚩尤命令的雨师开始向黄帝的军

队泼雨了，风伯也吹起了大风。瞬间黄帝的军队都被雨水淹没了。

“这下出大事了。女儿啊，帮帮我吧。”

黄帝呼唤了自己的女儿。她是个生活在昆仑山山顶的秃头女妖，她的胸前有一团燃烧的火球，不管多大的洪水，只要她一喷火就能把水烧干。

黄帝的女儿吐出了一团大火，瞬间雨师的雨就被烧干了。雨龙抓住了机会，攻击了蚩尤的军队，把蚩尤的军队打败了。

“战斗还没有结束。”

蚩尤又找来了巨人族，继续攻击黄帝。黄帝找来了女神用神器抵挡了进攻。雨龙也抓住了机会，用水攻击了蚩尤的军队和巨人族。在空中和陆地的双重攻击下，蚩尤的军队终于抵挡不住了，蚩尤也被俘获了。

“我绝不投降！”

蚩尤死活都不投降。于是黄帝在涿鹿斩了蚩尤的头。蚩尤死后，蚩尤戴过的枷锁被扔在荒山上，化成了一片枫林，每一片血红的枫叶，都是蚩尤的斑斑血迹。据说，他死去的地方，形成了一个水池，至今水池里还有一种红色的盐。

变成虫子的少女

蚕

很久很久以前，有一位男子出了远门，很久没有回家。

年幼的女儿独自一人留在家里，只有一匹马与她相依为命。一天，女儿特别想念父亲，于是就对马诉说着。

“马儿，如果你能帮我找回父亲，我愿意嫁给你。”

听了这话的马，突然惊叫了一声，从马圈跑了出去，消失了。

马不停地跑了几天几夜，找到了少女的父亲。

“咦，这不是我们家的马吗？怎么跑到这儿来了？”

少女的父亲见到从数千里之外赶来的马后，既高兴又惊奇。这时，马伸着头，哭泣着。

“怎么了？家里出了什么事吗？”

少女的父亲非常担心女儿，就骑上马，立即赶回了故乡。但是，家里什么事都没有发生。

“真是奇怪。
马怎么会找到我的呢?
不管怎样,回家真好。”

既担心又想念女儿的父亲回到家,见到了女儿,就再也不想离开女儿了。父亲为了感谢马,对马比以前更加体贴了。

但奇怪的是,马从此开始拒绝吃食物了,见到少女就大声哭泣。

父亲感到非常奇怪,于是就去问女儿。

“我非常想念父亲,于是就对马

说，如果能帮我找回父亲，我就愿意嫁给它。没想到它真的把您找回来了。”

“呵呵，这真是太神奇了。不过人怎么可以嫁给家畜呢？这事太荒唐了。”

父亲虽然非常心疼马，但是为了女儿的幸福，他偷偷地来到了马圈，用箭把马射死了，并把它的皮挂在了树上。

“这下我就放心了。”

第二天，父亲出去办事了。少女和朋友们在那棵挂着马皮的树下玩耍。

少女突然发现了那张马皮，不由得骂道：

“你这个不要脸的畜生，竟敢妄想娶我，被父亲扒了皮，真是活该！”

少女的话音未落，马皮就从树上掉了下来，裹在了少女身上，并卷走了少女。

父亲知道此事后，为了找到女儿，他寻遍了整座山和树林。

几天后，父亲终于在一棵大树上找到了女儿。被马皮包裹着的女儿变成了一只虫子，从她的嘴里还吐出亮晶晶的细丝。

父亲把变成虫子的女儿带回了家。从此，人们把这种吐细丝的虫子叫做蚕，有蚕的树叫做桑树。

掌管出生与死亡的

伊耶那岐和伊耶那美

在世界形成的最初，这世上只有浩瀚的大海。

伊耶那岐和伊耶那美接受天神的命令，并带着天神赐予的琼矛来到了这个世界，开始创造世界了。

伊耶那岐和伊耶那美从天而降，看到这个世界上到处都是水。

两人把琼矛伸进了大海搅拌了几下，然后拔了出来。挂在琼矛上的水滴，滴入了大海，形成了一个个小岛屿。

伊耶那岐和伊耶那美结婚后所生的第一个孩子是水蛭子。

“天哪，这是什么啊？”

他们失望地把孩子放在以芦苇编成的船上，让他漂走了。因此，水蛭子至今还生活在芦苇丛里。

此后，伊耶那美又生下了岛和泡沫，但是他们都没有什

么用处。接着伊耶那美又生下了山、瀑布、田野等世界上所有的自然景观，可是在伊耶那美生火神的时候却反被烧伤了。

伊耶那美的伤势越来越重，快要死了。伊耶那岐望着快死去的妻子，苦苦地哀求妻子不要离开。

“不可以的，我已经喝了黄泉国的水，不可能再回去了。”

“那我也要跟你去黄泉国。”

伊耶那岐爱妻深切，为了找回妻子，来到了黄泉国。但他却看见妻子因为火伤造成的丑陋面目，实在是不想再见到她了。

于是，他狼狈地逃离了黄泉国。

“你不是来找我的吗？为什么要逃跑呢？”

伊耶那美见丈夫背叛了自己，非常生气，她让阎王爷去抓伊耶那岐。

伊耶那岐在逃跑时丢掉了右边的发卡，发卡掉在地上变成了葡萄藤。阎王爷继续追着他，伊耶那岐又丢掉了左边的发卡，发卡变成了竹子。

伊耶那岐趁着阎王爷在葡萄藤和竹林里犹豫不前的时候，顺利地逃跑了。

“哼，你以为我会死心吗？我一定会让你回来的！”

伊耶那美更加恼火了，她找来了天庭的8位神仙和地府的妖怪去捉拿伊耶那岐。伊耶那岐艰难地逃过了追捕，来到了黄泉与凡间的边界。

“哇，太累了。就在这里休息一会儿吧。”

正当伊耶那岐要休息的时候，伊耶那美的军队赶来了，伊耶那岐摘了一个桃子扔了过去。意外的是，军队见了桃子都吓跑了。所以到现在人们还认为桃子可以驱鬼辟邪。

“你要是死活都不愿意回到我身边的话，我就每天杀掉一千个人！”

伊耶那美非常生气地说。

“伊耶那美，如果你真的那么做的话，我就每天变出一千个人！”

伊耶那岐也生气地回答。因此，世界上有了死亡，但是，人口不会减少的原因就是伊耶那岐在不停地制造人来弥补那些死去的人口。

伊耶那岐为了除去黄泉国的污秽，在一条河边举行法事，那时，诞生了男神和女神。而在他洗左眼时出现了天照大御神，洗右眼时出现了月读神，洗鼻子时出现了暴风雨神。

伊耶那岐用巨石堵住了黄泉国的入口，所以，伊耶那美再也出不来了。据说，她至今还在黄泉国。

孤独的

梵天

世界上什么都没有出现的时候，只有梵天一人生活在这个世界上。

因为只有自己一个人，因此梵天感到有些恐惧和孤独。据说，人类有时会无缘无故的感到恐惧和孤独就是因为这个原因。

“不管是谁，只要能和我一起生活就好了……”

经过深思熟虑的梵天，把自己的身体分成了两半，用一半创造了女人，用另一半创造了男人。

“他们要成为夫妻，并且生活下去，那得有火啊。”

梵天拔掉了嘴里的毛，用哈气生了火。从此人类的嘴里就不再长毛了。

男人和女人结了婚，又生了孩子。就这样，人类诞生了。

有一天，女人想，我们是同一个人分成的，为什么会产生

爱情呢?

女人为了避开男人而变成了一头母牛，于是男人也变成了一头公牛，并与母牛产生了爱情，还生了头牛犊。女人又变成了一匹母马，男人也跟着变成了一匹公马，并生下了小马。他们就这样变来变去，创造了世界上所有的生物。

全天下的一切生物，都是梵天创造的雄性生物和雌性生物生下来的，因此，所有的生物体内都有梵天的存在。

故事里的故事

印度教三大主神

印度大部分的人都是印度教徒。梵天、毗湿奴及湿婆是印度教的三大主神。他们分别是宇宙的创造、维护和终结之神。印度教起源于梵天教，梵天教信奉太阳、火、闪电、水等自然现象。梵天就是梵天教的最高神灵。

毗湿奴雕像

维护宇宙的

毗湿奴

从前,众神大战妖魔的时候,由于实力悬殊,众神根本不是妖魔的对手。于是众神就邀请梵天来帮忙。

梵天考虑许久后,对他们说:

"毗湿奴是维护宇宙的神,你们就去找他帮忙吧。"

众神找到了毗湿奴。

"毗湿奴大人,以我们的实力,根本不是妖魔的对手,再这样下去,我们都会被妖魔杀死的,有什么办法可以打败妖魔吗?"

"你们要在开战之前,喝些甘露水。"

"甘露水是什么东西?"

"甘露水是从牛奶海里提炼出的一种药。喝了它可以得到永生。"

"啊啊,原来如此。那快去牛奶海吧。"

创造和终结之神湿婆

众神高高兴兴地来到了牛奶海。

但牛奶海实在是太大了，牛奶也很多，需要一根巨大的棒子才能搅拌牛奶。那么大的棒子只有用曼荼罗山才行。众神找来妖魔，和他们商量一起用曼荼罗山来搅拌牛奶海，获得甘露水，共同分享。

“共同分享甘露水？呵呵呵，太好了！”

妖魔们一听说，跟他们一起分享可以获得长生的甘露水，就把敌人都给忘了。但是，即使神和妖魔联手也是推不动曼荼罗山的。

“既然你们联手也不行，那我就派阿难陀去帮助你们吧。”毗湿奴说。

毗湿奴派巨蟒阿难陀，推动了曼荼罗山。雷雨之神因陀罗派大鸟迦楼罗，把曼荼罗山移动到了牛奶海。众神和妖魔齐心协力，一同搅拌着牛奶海。

“一二，一二……”

搅啊搅，当他们搅到一千遍的时候，开始从牛奶海里出药了。

“哇！是甘露水！”

正当众神和妖魔准备要喝甘露水时，湿婆出现了。

“闪开！那不是甘露水，是海里的毒药，一滴就能使神、魔和人都中毒而死。让我把它处理掉。”

善良的湿婆一口就把毒药吞了下去。但湿婆很清楚会

中毒而死，于是他没有把毒药咽下去，而是把毒药储藏在了喉咙里。所以，印度的湿婆神图和雕像中，湿婆的脖子上都涂有绿色的颜料。据说，这是为了表现湿婆当年吞下的毒药。

他们继续搅拌，终于伴随着一阵香气，甘露水出现了。

“哈哈哈哈！这是我们的！”

“不，是我们的！”

神和魔都忘记了平分甘露水的约定，开始争抢起来了。但是，众神打不过妖魔。

看到这种情景毗湿奴有些担心了。

“假如妖魔得到了可以永生的甘露水，这世界将会变得一片黑暗。”

毗湿奴装扮成一个美丽的少女来到了妖魔的面前。

“哇，是个仙女！”

妖魔们都被吸引住了。

“这是甘露水吧。就让我来帮你们平分吧。”

“呵呵，好吧。”

“来，请大家站成一队。”

美丽的少女让他们站成了一队，然后先给众神分甘露水。被少女深深吸引住的妖魔们根本没有料到，她把甘露水都分给了众神。

“小仙女，什么时候轮到我们啊？哼哼哼……”

“你们这些祸害人间的妖魔，休想获得甘露水。”

“什么？”

妖魔们这才明白过来上当了。从那时起，获得永生的众神就可以战胜妖魔了。

消除悲伤和恐惧的

索玛

索玛神从一种叫索玛的植物中，提炼出了汁液，并把它与自己的血液以及蜂蜜搅拌在一起，制作了一种叫做苏摩的酒。这种酒不仅可以治百病，而且还能消除人的悲伤和恐惧感。

有一天，众神聚在一起闲谈。

“听说，苏摩酒很好……”

“不过索玛神怎么会把它给我们喝呢？”

“请大家放心，就让我去索玛神那里要吧。”

具有三寸不烂之舌的女神巴克，非常自信地说。

不一会儿，她就要来了苏摩酒。

“呀，真的要来了！”

“就让我们尝尝吧。”

众神争着要喝。于是他们决定赛跑，谁跑得最快，谁就

可以喝到苏摩酒。

“出发！”

比赛一开始，风神就跑在了最前头，遥遥领先于其他神。雷雨之神因陀罗也是非常卖力，不过他还是落后于风神。因陀罗使尽了全力，好不容易赶上了风神，他对风神说。

“风神，我们一起跑到终点吧。我可以让你享用2/3的苏摩酒。”

“这是什么话，只有获得第一，才能喝到苏摩酒。”

“我们俩可以并列第一呀。”

“嘿嘿……我可不想和别人一起分享。”

“我也很想尝尝那是什么味道。假如我们并列第一，我可以给你3/4。”

风神终于接受了因陀罗的建议，两人共同到达了终点。按照约定风神获得了3/4，因陀罗获得了1/4的苏摩酒。尝到苏摩酒的因陀罗，从此喜欢上了苏摩酒。

因陀罗

因陀罗有1000只眼睛，4个胳膊；他两手拿着禅杖，一手拿着金刚杵（雷电），骑着大象，观察世间万物。

有一天，预示旱灾的蟒蛇弗莱多把天地间所有的水都给喝光了，于是人们陷入了干旱的痛苦中。不仅如此，天上的水也被它喝光了，所以根本下不了雨。

得知此事的因陀罗找到了那条大蟒蛇。

“你这个可恶的东西，快把水都给我吐出来！”

因陀罗用雷击中了大蟒蛇的腹部，瞬间，蛇的肚子破了个大洞，冒出了大量的水。从那时起，人们遇到旱灾，就会去求因陀罗。

因陀罗时常帮助人们解决各种问题。

还有过这样的一件事。

从前，有一位猎人带着箭在丛林里捕猎羚羊，看到了猎

骑着大象的因陀罗

人的羚羊跑来跑去的。

猎人马上拔出一支箭射向了羚羊，但没有射中羚羊，而射在了一棵树上。

“真倒霉。”

没有捕到羚羊的猎人回家了。但是中了箭的树，却中了剧毒，剧毒迅速地在树的体内扩散。

住在这棵树上的鹦鹉看到树就要死去了，但它舍不得离开那棵树。

鹦鹉不吃不喝地坐在树上，悲伤地哭泣着。这时，因陀罗的一只眼睛看到了这件事情的全过程。

因陀罗装扮成人，找到了那只鹦鹉。

“鹦鹉啊，这棵树就要死掉了，你为何还不离开？”

鹦鹉一边哭泣一边回答说：

“我不能离开这棵树，我在这棵树上出生，生活在这棵树上，它给我提供了食物和住所，它是我的避难所。所以，我决不能离开它。”

“鹦鹉啊，你真是它的知心朋友哇。”

被鹦鹉深深感动的因陀罗把手贴在了树上。瞬时，快死去的树重新恢复了往日的生机。

“呀，树活了！感谢您救了我的朋友。”

鹦鹉高兴地向因陀罗表达了谢意。

“虽然我治好了树，但是真正救活树的是鹦鹉你呀。”

因陀罗回答说，

“懂得友情和信任，懂得同情他人的人会有好报的。听这个故事和讲这个故事的人，同样也会得到祝福。”

泰姬陵

泰姬陵是莫卧儿帝国第五代君主沙贾汗对他心爱的皇后蒙泰姬爱的见证，历经22年才建成。

善良的智慧之神与死神

阿胡拉马兹达与阿里曼

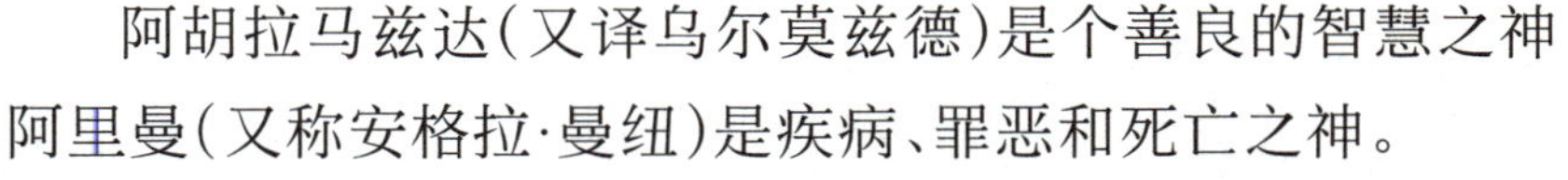

阿胡拉马兹达(又译乌尔莫兹德)是个善良的智慧之神,阿里曼(又称安格拉·曼纽)是疾病、罪恶和死亡之神。

在天地间还没有生命的时候,这两位神就已经来到了人间。善良的神阿胡拉马兹达早已知道阿里曼,不过无知的阿里曼却根本不知道阿胡拉马兹达的存在。

阿胡拉马兹达
他是琐罗亚斯德教的主神。

阿胡拉马兹达创造了光。

"咦,这是什么?怎么这么刺眼。"

第一次见到光的阿里曼吃惊地察看周围,他发现了阿胡拉马兹达。

“天哪！原来这世上除了我还有一个人。肯定是他弄得我这么刺眼。喂，小子！快把那东西拿开。”

阿里曼怒气冲天地对阿胡拉马兹达发起火来了。善良的阿胡拉马兹达并不想与他发生争执，温和地对他说：

“这是我创造的光，我会接着创造很多东西。你不必担心，它们不会伤害到你的。”

“哼，谁会相信你的鬼话。我绝不会让你轻易得逞的。”

话音刚落，阿里曼就向阿胡拉马兹达冲了过来。于是阿胡拉马兹达就开始念神圣的咒语了。

“啊，这是什么声音？啊啊啊！”

听了咒语的阿里曼被吓得逃到了地狱。因为作为恶魔的阿里曼最怕神圣的咒语。

“你这个恶魔，你就在地狱里待个3000年吧！”

阿胡拉马兹达把阿里曼关在了地狱里，开始了自己的创造。

他创造了良心、真实、顺从、献身、清廉和不灭等好的东西。他还创造了天使，只要有谁遇到了麻烦，天使就会出现。接着他又创造了这世界上所有的东西。最后，他创造了最初的男人迦约玛特和一头牛。

迦约玛特就像太阳一样闪闪发光，而他的牛像月亮一样明亮。他们一起生活了30年。

有一天，恶神阿里曼从地狱里出来了。

“哇，我竟然在地狱里待了3000年。看来在我不在的这期间，阿胡拉马兹达创造了不少东西呀。哼，那我也创造点东西给他看看！”

阿里曼也开始创造了。恶魔、病菌、疾病、害虫……恶神只会创造这些坏的东西。

他还创造了一个女恶神，女恶神刚出生就开始干坏事了。

“大人，我让迦约玛特的牛生病吧。”

“好的，就这么办吧。哈哈哈……”

女恶神让牛得了可怕的疾病。不久，牛就死掉了。

失去同伴的迦约玛特非常伤心，最后因伤心过度而

死了。

“嘿嘿嘿……我终于向阿胡拉马兹达复仇了，真是太高兴了！”

阿里曼非常高兴。

迦约玛特死后，他的尸体变成了金银。

另外，在他死去的地方，长出了一株植物，这株植物渐渐长大，变成了一棵大树，大树上结了10种不同的果实，每个果实都代表一个人种。

不久，从那些果实中，诞生了一男一女，阿胡拉马兹达非常喜欢他们，赋予他们不用劳动也能获得食物活下去的能力。

但是，有一天，这两人中了阿里曼的魔咒，开始说胡话了。

“创造我们的不是阿胡拉马兹达，而是阿里曼。”

这是人类最初的谎话。生气的阿胡拉马兹达剥夺了他们的特权。从此，他们必须要养育后代，还要辛勤地劳动才能生活下去。

埃及的太阳神

拉

太阳神拉年轻的时候，治国有方，与众神和人民相处得非常和谐。但是，随着时间的流逝，他渐渐老去，身体也大不如从前。他变成一个白发老人之后，把所有的权利都交给了农业及受胎女神艾西斯，然后离开了人世，来到了天庭，在那里他过着安逸而舒适的日子。

但他也不是什么都不管了，他在白天的12个小时里，会由东向西划着小船巡视自己的国家。这是因为灾难和破坏之神阿波菲斯，经常会扰乱太阳船，使得天上的太阳消失，世界陷入一片漆黑。

"唉，这可恶的家伙又推翻了太阳船。来人哪！快去把阿波菲斯打入地狱！"

"是！"

拉的命令一到，部下们就立刻去抓阿波菲斯。

"你这个可恶家伙，看我们怎么收拾你！"

他们把阿波菲斯打入了地狱，矫正了太阳船。太阳船回到了正常的轨道，大地也恢复了往日的光辉。

但是，一到夜晚，拉就得非常忙活了。这是因为夜间12

埃及拉荷特普王子与诺弗尔蒂王子妃

该作品创作于公元前2613年，现收藏于埃及开罗博物馆。它是古埃及双人坐像的最初代表，同时也是埃及着色雕刻中少数没有受到损坏的作品之一。

个小时没有太阳，所以他要在冥界给那些死去的灵魂送去阳光。

只要拉一出现在冥界，那些亡灵就会高兴地欢呼起来。

“伟大的太阳神哪，你是我们的快乐……”

但是，冥界实在是太大了，拉要去的地方也很多。拉离开了的地方，光辉和希望也会跟着消失，黑暗和绝望又会出现。

拉每天早晨都会重新诞生，他一到中午12点就会长成大

人，然后又渐渐变老，到了晚上12点就会死去。据说，他每天都会死去，第二天又重新诞生。

拉既是太阳神又是创造之神，他一一制服了其他神祇，成为世界的领导者。

他与贝斯特结了婚，生下的儿子竟是他自己。

贝斯特一共结了3次婚，她的丈夫都是拉，生下的儿子也都是拉，因此，拉既是王又是王的儿子。也就是说，拉每次与王后结婚都会诞生一个王。

所以，埃及的王都是拉的后代，是太阳的儿子，死后也会成为太阳。

太阳神拉的孙子

奥西里斯

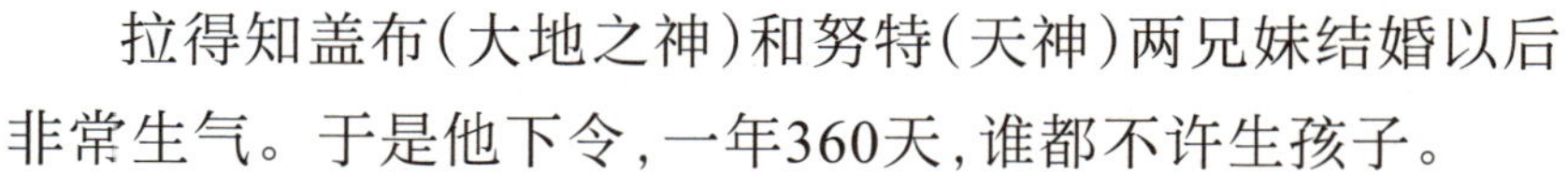

拉得知盖布（大地之神）和努特（天神）两兄妹结婚以后，非常生气。于是他下令，一年360天，谁都不许生孩子。

智慧之神图特得知此事后，给一年多加了5天，让他们在这5天内生孩子。就这样，原来360天的一年增加了5天，变成了365天。

盖布和努特在这5天内，生下了奥西里斯、伊西丝、奈芙蒂斯和赛特4个子女。

奥西里斯刚出生就宣布自己是“世界的主人”，人们都为他欢呼。拉也听到了他的宣言，不知不觉地就把自己下的禁令给忘记了，也来祝福自己的孙子奥西里斯。

奥西里斯是位高大英俊的美男子。父亲盖布死后，奥西里斯继承了埃及的王位，并娶了自己的妹妹伊西丝。

奥西里斯夫妇治国有方，把国家建成了快乐的天堂。智

奥西里斯
面对着死人的奥西里斯，他还是稻谷和耕作之神(农业之神)。

慧之神图特决定帮助他们，于是发明了数字和文字。从此，人们都非常尊重奥西里斯，并称他为“善良的存在”。

另一方面，奥西里斯的弟弟赛特与自己的姐姐奈芙蒂斯结了婚，并一同治理着沙漠。赛特生性嫉妒，他嫉妒奥西里斯受到人们的尊重。

“哼，我要让你们知道谁是真正的国王。”

沙漠里全是沙子，赛特根本没有事做，非常无聊。于是，在奥西里斯忙于治理国家的时候，他却在暗地里谋划着篡位。

他按照奥西里斯的身材，量身定做了一副棺材，然后请来了众神，大摆宴席。

当天，赛特把棺材放在了走廊里。

众神看着棺材，闲聊了起来，有的人还进去躺了一下，然后他们来到了宴会场。

奥西里斯稍后也来参加宴会，赛特笑着对他说：

“大家都在这副棺材里躺了一下，都说很舒服，大哥也进去试试吧。”

奥西里斯以为弟弟在跟他开玩笑，毫无防备地躺进了棺材里。

金字塔与狮身人面像

金字塔是古埃及统治者法老们的墓地，人头狮身的狮身人面像是它们的守护神。它们都是世界七大不可思议之一。

夕阳西下时的埃及沙漠和骆驼

"关上！"

突然，赛特的部下们盖上了棺材盖，并用钉子把它钉死了。

宴会上的众神听到钉钉子的声音后，都跑出来看。这时赛特的部下已经把棺材扔进了尼罗河。

奥西里斯被他的弟弟暗算以后，埃及就没有下过一滴雨，到处都是狂沙满天飞。肥沃的土地都变成了沙地，尼罗河也干枯了，地里的庄家都枯死了。

因缺乏食物，小偷猖獗，到处都是饥饿的难民。人们过着生不如死的日子，民不聊生。

棺材随着河流漂过了尼罗河三角洲，进入了地中海，最后来到了比布鲁斯海域。在那里有一棵巨大的无花果树，无花果树拦住了棺材。无花果树的生长速度非常快，它竟然把棺材吞了下去。从此，无花果树上就有了一种特别的香气。

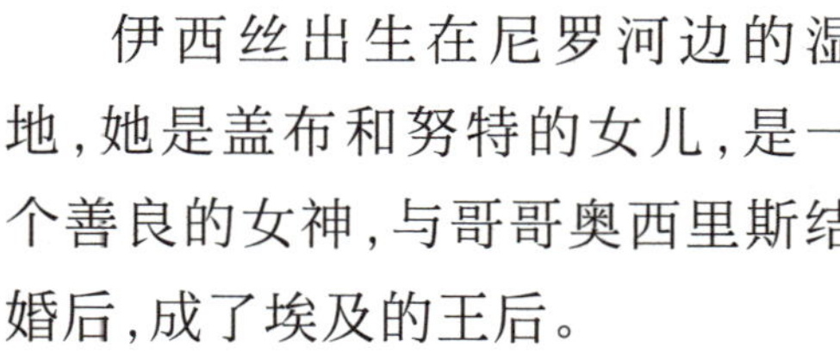

伊西丝出生在尼罗河边的湿地，她是盖布和努特的女儿，是一个善良的女神，与哥哥奥西里斯结婚后，成了埃及的王后。

奥西里斯把人们从野蛮时代带到了光明时代。伊西丝教给人们煮饭、织布制衣、结婚生子等人类必需的活动。

有一天，她听说奥西里斯被赛特扔进了尼罗河。她非常伤心，马上同妹妹奈芙蒂斯、智慧之神图特一起去找奥西里斯。她沿着尼罗河找遍了整个埃及，后来她听说比

伊西丝
伊西丝的头上戴着牛角圆盘的王冠。她是古埃及最受欢迎的女神。

布鲁斯有一棵巨大的无花果树。

“那棵树里肯定有奥西里斯。”

伊西丝匆忙地来到了比布鲁斯。

但是，在伊西丝到达之前，那里的国王和王后，早已把那棵散发香气的树砍掉了，做成了王宫的柱子。

因此，当伊西丝到达那里的时候，大树不见了，只剩下了树根。

非常伤心的伊西丝，在那里坐了好几个月。

国王和王后听说，有一位美丽的女子坐在那里，于是就让人把她叫到了王宫。

埃及金字塔墙壁上的象形文字

伊西丝来到了王宫，她把手放在了王后的头上，王后身上立刻散发出芬芳的香气。接着她又让王子咬了一下她的手指，结果从手指里冒出了牛奶。

“真是太神奇了，她肯定不是普通人。请给王子当保姆吧。”

“谢谢，王后。”

成为王子保姆的伊西丝，偷偷地把装有奥西里斯的那根柱子切断，然后点燃了火，并把王子也放

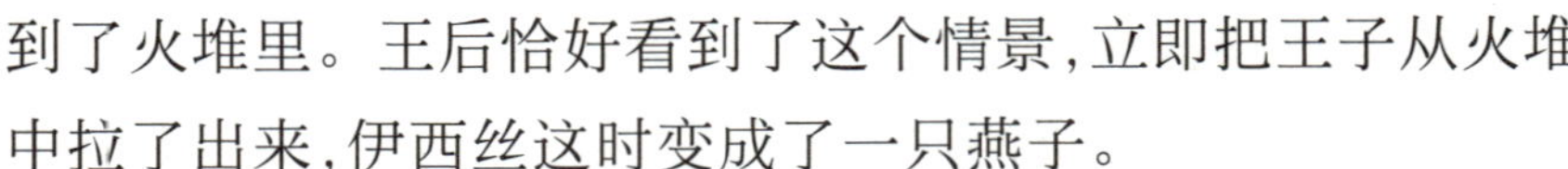
到了火堆里。王后恰好看到了这个情景,立即把王子从火堆中拉了出来,伊西丝这时变成了一只燕子。

“天哪！你竟然干出这么恶毒的事情！”

已变成燕子的伊西丝对王后说:

“只要让王子再坚持一会儿,王子就可以得到永生的。不过王子的寿命也不会比别人短的。”

“你到底是什么人?”

“我是埃及王后伊西丝。”

伊西丝显示了本来的面目,并把自己的身份和来到此地的目的告诉了王后。于是国王切开了那个柱子,取出了棺材。

找到了棺材,伊西丝又变成了原来的美丽的埃及王后,带着奥西里斯的棺材回到了埃及。

她打开了棺材,往奥西里斯的嘴里吹了一口气,不一会

埃及沙漠中的骆驼
在沙漠中,骆驼是必备的交通工具。

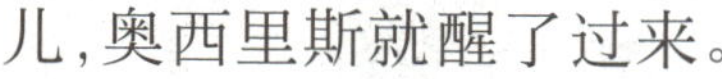

儿，奥西里斯就醒了过来。

奥西里斯一醒，大地就又恢复了往日的生机。干涸的河里又有了水，沙漠逐渐减少，农作物开始结果了。

人们也重新回到了往日平静的生活当中。

“肯定是奥西里斯复活了，这次我一定要亲手杀死他。”

恶毒的赛特以捕猎为借口，到处寻找奥西里斯，终于在尼罗河湿地找到了他。赛特又一次杀死了奥西里斯，并把尸体分成了14块（一说是15块），然后扔在了埃及的各个角落。

“哈哈哈哈！这下他可再也活不了了！”

但是，伊西丝找到了奥西里斯身体的各个部位，并把他拼成了原来的样子，奥西里斯又复活了。

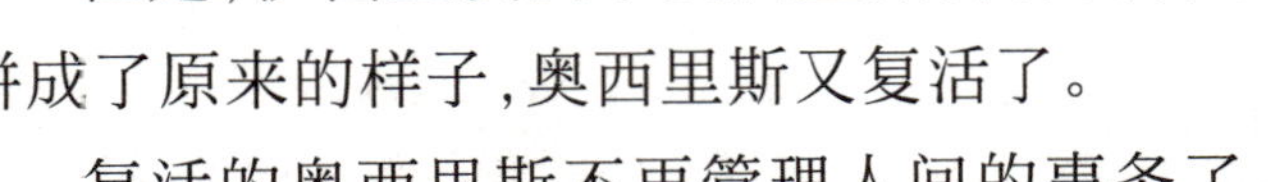

复活的奥西里斯不再管理人间的事务了。其他的神祇都决定让他来做阴间死者的王，于是奥西里斯成为冥界之王。

奥西里斯成为冥界之王以后，伊西丝在尼罗河边养育着他们的儿子荷鲁斯。

荷鲁斯长大以后，与母亲伊西丝一起打败了赛特。最终成为埃及的国王。

埃及的阿布·辛拜勒神庙
联合国教科文组织登记在内的文化遗址。

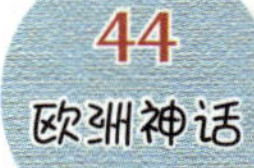

北欧神话中的诸神之王

奥丁

很久很久以前，在天地还没有形成的时候，万物都被笼罩在迷雾当中。其中有一座小岛，岛上流着12条小溪。小溪流向远方，在远方冻成了冰。

在雾气弥漫的南端，清风吹过，冰河开始融化了，从冰河中冒出的雾气变成了白云。阳光普照，在热气与寒冰的交错中，诞生了霜巨人之祖伊米尔和一头名为欧德姆布拉的巨大母牛。

伊米尔靠喝欧德姆布拉分泌的奶水维生，而欧德姆布拉则舔食寒冰上的盐粒，因此冰川里出现了一个圆圆的轮廓，慢慢地从冰川里出现了头发，接着又出现了头部，最终母牛舔出了一个强壮的男人，他就是奥丁、威利和维的父亲，也是最初的神——布里。

奥丁、威利和维合力将巨人伊米尔杀死了。伊米尔的鲜

血形成了大海，骨骼变成了山脉，肉体变成了大地。

所以，现在的海水很咸，这是因为伊米尔喝了舔食盐粒的母牛的奶水。伊米尔的毛发变成了许多种植物，其中还包括榇(chén)木树和榆树。

奥丁用榇木树枝造了男人，用榆树枝造了女人。男的取名阿斯克，女的叫做恩布拉。

“那是什么？”

“你造的什么？”

威利和维问奥丁。

“是人，他们可爱吧？”

“但是他们不会动，真没趣！”

“别担心，我会给他们生命和灵魂。”

奥丁给阿斯克和恩布拉注入了生命和灵魂。

“那我给他们什么呢？对了，我就给他们理性与动作吧。”

“那我就给他们感情、仪表和语言吧。光有理性与动作，不能表达也是不行的。”

威利给了他们理性与动作，维给了他们感情、仪表和语言。

“呀，真是太可爱了，正合我的心意。”

奥丁非常喜欢自己创造的人，于是就决定给他们再创造一个和谐温暖的世界。

奥丁首先用光明和黑暗创造了白昼与黑夜，然后给人类创造了居住的地方中庭，也就是米德加尔特。他还创造了神仙们居住的诸神国度阿斯加尔德。

支撑宇宙的是一棵巨大的梣木树。梣木树的一根树根到达米德加尔特，另一根到达阿斯加尔德，还有一根到达死者灵魂的归宿地冥界，这里也叫死人之国或雾之国。冥界是一个冰冷多雾的地方，一个永夜的场所，只有死亡者才能到达。

据说，巨人伊米尔还没有完全死掉。他身体的一部分被埋藏在梣木树底，只要他一动，就会发生可怕的地震。

奥丁的儿子

巴尔德尔

巴尔德尔是奥丁与妻子弗丽嘉所生的儿子。

有一天，巴尔德尔梦见自己死了。

“母亲，我梦见我死了。我不想死，我该怎么办呢？”

母亲弗丽嘉担心儿子，于是就去拜所有的生灵，求他们不要伤害自己的儿子。所有的物种都被她的这种精神所打动了，他们都保证不会伤害巴尔德尔。但是，弗丽嘉唯独没有去求槲(hú)寄生。

诸神居住的地方阿斯加尔德一共有12位神，邪恶的火神洛基想成为那里的第13位神，但是没有人承认。

星期五是诸神聚在一起娱乐的日子。诸神都知道，除了槲寄生外，没有东西能伤害得了巴尔德尔，所以常向巴尔德尔丢东西以寻开心。

“哼，他真的不死吗？果真能如此吗？”

洛基变成了一个美女，来到弗丽嘉面前，并对她说：

“你真的求过所有的生灵，不要伤害你的儿子吗？”

“其实不是。我没有去求槲寄生，因为它实在是太小了，根本伤害不了任何人。”

诚实的弗丽嘉把事实说了出来。

“原来如此。巴尔德尔的小命已经掌握在我的手里了。”

狡猾的洛基抓了一只槲寄生，并用它做了一支箭。他拿着那支箭来到黑暗之神霍尔德尔面前，对他说：

“霍尔德尔大人，您为什么不向巴尔德尔投东西呢？”

“我看不见东西，所以就算投了，也感受不到乐趣。”

“您投这个看看吧，很有趣的。”

洛基把箭交给了霍尔德尔。霍尔德尔觉得不好推辞洛基的好意，于是就把箭扔了过去。没想到，那支箭恰好命中了巴尔德尔的心脏。

巴尔德尔当场死亡。失去儿子的弗丽嘉伤心地哭泣着，

她对诸神说：

“不管是谁，只要能把我的儿子从冥界女王那里救回来，我就可以实现他所有的愿望！”

听到这话的海尔幕德向奥丁借了8条腿的马，立刻赶赴冥界女王那里。

“请把巴尔德尔还给我们吧。失去他，大家都很伤心。”

“大家都在伤心？哈哈哈！果真如此吗？假如所有的生灵都为他哭泣，我就把他还给你们。”

海尔幕德把这个消息告诉了诸神，顿时，山、水、田野上以及世间所有的草木和动物都开始悲伤地哭泣起来。

但是，唯独只有魔女托克不肯哭泣。

“哼，每天都会有很多人死去。我为什么要为他而哭泣？”

就这样，巴尔德尔无法从地狱回来了。

诸神把巴尔德尔的尸体放在了一艘小船上，并点了火，让他流入了大海。然后他们决定去找卑鄙的洛基讨个公道。

洛基躲在一间四面有门的小屋里，一见情况不妙，就马上跳进河里，变成了一条大马哈鱼逃走了。奥丁马上撒了一张大网，大马哈鱼向着上游游去，雷神一把抓住了大马哈鱼的尾巴。所以，现在大马哈鱼的尾巴比其他鱼的尾巴都要细。

洛基被绑在了岩石上。诸神拿来了一条毒蛇，把毒蛇绑在了洛基的头的上方。从毒蛇口中吐出的含有剧毒的汁液会掉落在洛基的脸上，使洛基承受难以言喻的痛。据说，毒蛇每次吐毒，都会发生地震。

在西方每逢13号的星期五是非常不吉利的日子，据说也是从这个神话故事中流传下来的。

成为不死之神的英雄

齐格弗里德

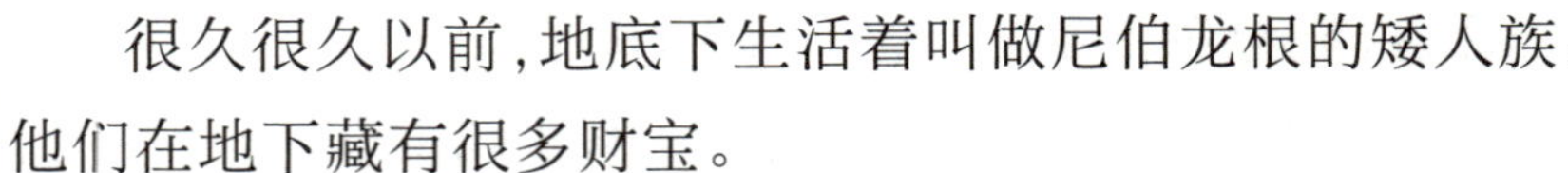

很久很久以前，地底下生活着叫做尼伯龙根的矮人族。他们在地下藏有很多财宝。

尼伯龙根族的王有一个神秘的指环，谁得到了这个指环，谁就会成为世界的统治者。

一个长着龙角的巨人法弗纳守护着指环和尼伯龙根族的财宝。一个叫做沃坦的神很想得到指环。

但是，法弗纳和沃坦都很清楚自己会被杀掉。这是因为有预言说，他们会被一个伟大的英雄杀死。

为了争夺尼伯龙根族的财宝，常常会发生战争。巴松家族伟大的战士齐格蒙德为了保护尼伯龙根族的王，被沃坦杀死了。

他的妻子齐格琳德生下了儿子齐格弗里德后，也随即过世了。临去世之前，她把儿子交给矮人米梅抚养。有预言

说，这个孩子长大以后，会成为英雄，会找回尼伯龙根族的财宝和指环。所以，米梅把他当成自己的亲生儿子一样抚养。

齐格弗里德根本不知道这些，他以为他的父亲就是米梅。

有一天，成为诸神之王的沃坦来到了米梅的家。

米梅向他提问：

“地上居住着谁？”

沃坦回答说：

“人类。”

“地下居住着谁？”

“尼伯龙根族。”

“天上居住着谁？”

“沃坦、顿怒、弗雷亚等神。”

“在人类当中，最勇敢，最受爱戴的是谁？”

“当然是巴松家族了。具体地说，就是齐格蒙德、齐格琳德以及他们的儿子齐格弗里德了。只有巴松家族的人才能够杀死巨人法弗纳，取得指环。能杀死巨人法弗纳的宝剑叫怒特洪，可我已经折断了那把宝剑。谁要是能重新铸造一把同样的剑，谁就会成为天下的英雄。”

沃坦说出了事实。听到这些的齐格弗里德终于明白了自己的身份。

“原来我是巴松家族的后代，怪不得我长得一点都不像米梅。我父亲是齐格蒙德，母亲是齐格琳德，我是即将成为英雄的齐格弗里德。”

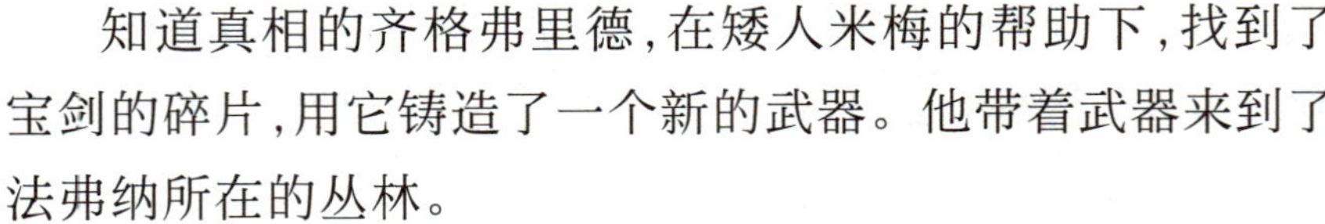

知道真相的齐格弗里德，在矮人米梅的帮助下，找到了宝剑的碎片，用它铸造了一个新的武器。他带着武器来到了法弗纳所在的丛林。

法弗纳从嘴里吐出火焰，尾巴缠绕在椤木树上，嘴上沾满了前来抢财宝未遂的人的鲜血。

齐格弗里德穿过火焰，一剑击中了法弗纳。

“呃！铸造这把剑的人是谁？”

“是我！巴松家族的齐格弗里德！”

“看来我是命中注定了要被你杀死。”

法弗纳倒在地上，死去了。

齐格弗里德舔了一下沾有法弗纳鲜血的剑，结果他能听懂鸟语了。鸟儿们把藏有宝贝的洞穴告诉了他。

齐格弗里德找到了那个宝藏，但他只拿了指环。

拿到指环的人在成为世界统治者的同时，还会受到一个诅咒，那个诅咒就是获得指环的人会被自己的亲信所害死。

齐格弗里德根本就不知道有这样的诅咒，于是他悲惨的命运就开始了。

齐格弗里德走出洞穴时，米梅和尼伯龙根族的王也正好赶了过来。米梅想杀死齐格弗里德，得到指环，齐格弗里德一剑刺死了米梅。

那时，尼伯龙根族的王却只顾着拿财宝。

“呵呵呵呵……那个指环上有着我的诅咒。不久的将来，你就会死去，指环又会回到我的手里。呵呵呵……”

毫不知情的齐格弗里德在洞穴外，与鸟儿们交谈着。有一个叫布仑希尔德的美貌少女因违背了父命，被抛弃在一

块大山的岩石上，昏睡过去了。只有齐格弗里德才能将她从睡梦中唤醒过来。

“美丽的少女到底犯了什么错，要受到这样的惩罚呢？”

齐格弗里德开始了新的冒险。他的母亲齐格琳德失去丈夫，怀着齐格弗里德的时候，受到过布仑希尔德

的帮助。因为布仑希尔德觉得他们很可怜,于是就帮了他们。得知此事的沃坦非常生气,他用催眠术将布仑希尔德催眠后,在她身边放了一把大火,谁都不敢靠近。

但是,勇敢的齐格弗里德大步跨进烈焰,唤醒了沉睡中的布仑希尔德。

齐格弗里德脱下了布仑希尔德的头盔,这时,她从一个神仙变成了一个平凡的人。

"请戴上这个指环,我去去就来。"

齐格弗里德给布仑希尔德戴上了指环,然后骑着马去了别的国度,那里是由魔法师科林希德统治的地方。

科林希德第一眼就看中了英俊潇洒的齐格弗里德,想让他成为自己的女婿。

科林希德为齐格弗里德举行了盛大的晚宴,然后偷偷地在他的酒里放了魔法药。喝了魔法药的齐格弗里德忘记了与布仑希尔德的约定,按照科林希德的计划,跟她的女儿结了婚。

科林希德把齐格弗里德装扮成了士兵,并让他去接布仑希尔德。

布仑希尔德根本没有认出来接她的就是齐格弗里德。

来到宫殿的布仑希尔德起初认为救她的不是齐格弗里德,而是其他英雄。

但是,最终知道真相的布仑希尔德非常伤心,可齐格弗里德已成为别人的男人,而布仑希尔德的手上戴着尼伯龙根的指环。

"哼,我决不会让你们幸福的。"

布仑希尔德指使他人杀害了齐格弗里德。就这样，布仑希尔德实现了指环的诅咒。

“啊哈哈哈……太痛快了。齐格弗里德再也成不了别人的男人了。哈哈哈……”

布仑希尔德为了永远地和齐格弗里德在一起，跳进了火化齐格弗里德尸体的火焰当中。顿时，火焰更加旺盛了，最后竟烧到了整个神界。就这样，神界被火烧光了。

故事里的故事

《尼伯龙根的指环》

《尼伯龙根的指环》是德国伟大的作曲家瓦格纳作曲及编剧的一部大型乐剧，根据德国民间史诗《尼伯龙根之歌》创作而成。《尼伯龙根的指环》描写了北欧神话中诸神和日耳曼尼伯龙根家族的命运，是一部集神话和历史为一体的日耳曼民族史诗，反映了日耳曼神话中的人性光辉。由《莱茵的黄金》、《女武神》、《齐格弗里德》(中国香港、台湾地区译为“齐格菲”)、《诸神的黄昏》四部歌剧组成。著名的德国影片《尼伯龙根的指环》及好莱坞电影《指环王》就是据此改编。

富人与穷人的命运

黄金人与肉人

天上住着黄神、红神、黑神以及无色神4位神。他们一同望着大地，黄神说道：

“在大地上创造和我们相似的东西，然后让他们支配大地，崇拜我们，你们觉得怎么样？”

“很好哇。”

众神都赞成他的建议。于是黄神用黄土创造了貌似自己的人类。

“好，让我来看看他们能否适应大地上的生活。”

众神把泥人放到了水里，泥人马上就融化了。

“哎，这个不行啊。得用比这个坚固的东西造。”

“啊，用树造怎么样？”

“这主意不错呀。”

红神提出要用树造人，众神都同意了他的想法。红神用

树创造了人。

“好，再试试吧。”

众神把木头人放入了水里，木头人没有像泥人那样分解，而是漂在了水上。

“我们再用火试试吧。”

众神把木头人放入了火中，木头人一下子就被烧成了灰。

“这样不行啊。我们得造一个既能适应水又能适应火的人。”

这回，黑神用黄金造了一个人。黄金人不仅漂亮而且还像太阳一样闪闪发光。

众神同样用水和火做了实验。黄金人通过了实验，经过水火的考验黄金人更加闪闪发光了。但是，黄金人非常坚固，冷冷的，毫无表情，根本不会崇拜神。

“真是毫无用处……”

“既然造好了就把他扔到地上吧。”

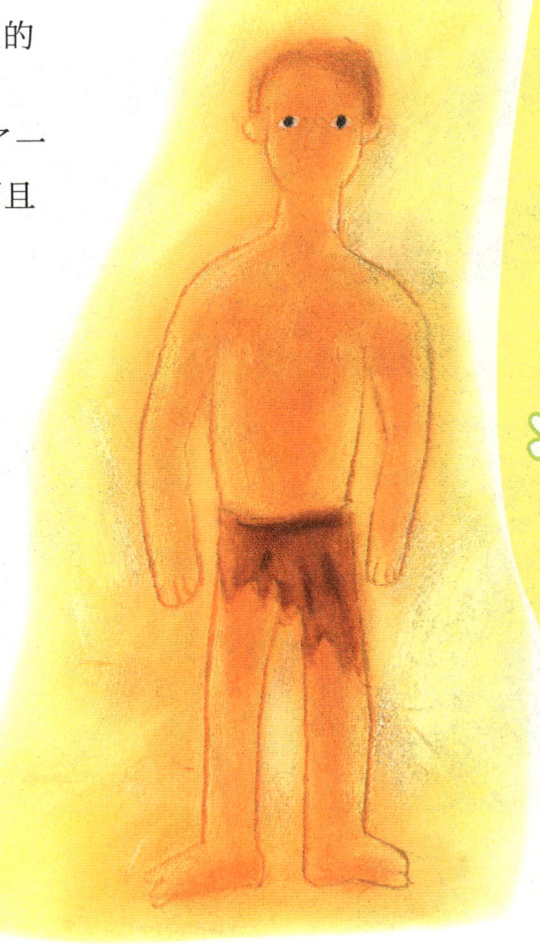

失望的众神不再创造人了。但是，唯独无色神决定再造一个试试。

“肯定是材料的问题。我就用我的肉体来造一个吧。”

无色神切断了自己左手的手指。瞬间手指变成了一个个小人，在地上蹦蹦跳跳的。他们真是太灵活了，众神根本就没有看清楚他们的模样。

众神俯瞰大地，大地上的人们就像小小的蚂蚁。

用神的肉体做成的人，就是什么都不教他们，他们也会

马丘比丘

保存着印加文明的古城。图为留存在绝壁上的遗址。

自行地崇拜神，祭奠神。因此，众神都非常高兴。

肉人遇见了黄金人，肉人对黄金人说：

“我们的模样好相似啊，你是谁？”

但是，黄金人毫无表情，根本不会说话。

“难道你不会说话吗？真是个可怜的朋友。让我们来帮助你吧。”

肉人精心地照看着黄金人。不久，黄金人就有了心跳，有了生命。黄金人为了表达谢意，把肉人的善良告诉了众神。

“他竟然从哑巴变成了会说话的人，太神奇了。”

众神非常高兴，他们把黄金人变成了富人，把肉人变成了穷人，然后规定富人必须要帮助穷人。富人死后，会根据他生前所做的善事，受到审判。因此，富人要是不帮助穷人就去不了天堂。

爱上晨星的女人

羽毛之女

在一个夏日，羽毛之女在草地上纳凉时睡着了。清晨，她一睁眼就看到了闪闪发光的晨星。

“哇，好美呀！”

羽毛之女被晨星深深地迷住了，最后竟爱上了它。

一天，羽毛之女去河边打水，遇见了一位青年。害羞的她想躲开青年，可青年对她说：

“我就是晨星，你能嫁给我吗？”

羽毛之女惊呆了，什么都说不出来。于是那位青年给了她一根黄色的魔法羽毛和檀香树枝，并让她闭上了眼睛。过了一会儿，羽毛之女一睁眼，就来到了天国，晨星生活的世界。

晨星的父亲是太阳，母亲是月亮。

羽毛之女在晨星和公公婆婆的关怀下，快乐地生活着。

不久，他们生了个孩子，取名为“星星少年”。

一天，月亮对羽毛之女说：

“去地里干活吧，但记住千万不要拔那棵大蔓菁。”

羽毛之女背着孩子来到了地里。好奇的她非常想拔掉那棵大蔓菁。于是她把孩子放在地上，走到蔓菁旁边，拔掉了蔓菁。瞬间，天上漏了一个大洞。那个洞是羽毛之女上天时的入口。晨星怕她思念故乡，于是就用蔓菁堵住了入口。

“天哪，那不是我的家乡吗！”

羽毛之女看见故乡后，非常想回去。

“那么想回去，就送你回去吧。”

晨星让蜘蛛人送她去凡间了。蜘蛛人织了一个巨大的网，把羽毛之女从洞口送到了地上。人们见到这样的情景都感到非常的惊讶。

“啊，是流星啊！”

羽毛之女的姐姐们高兴地迎接她。

但奇怪的是，羽毛之女一回到故乡，故乡就发生了大旱灾，并且疾病肆虐。羽毛之女也患了疾病，死掉了。她儿子的脸上印着星星，所以人们都叫他波伊亚（有伤疤的人）。

波伊亚在外公外婆的照料下，快乐地成长。但是他有一个缺点，那就是非常害羞，不管见到谁，都想躲起来。一天，他遇到了酋长的女儿。

“哇，真是太美丽了，我一定要娶她。”

波伊亚鼓起勇气，向酋长的女儿求了婚。

“哼，你脸上有疤痕，而且还那么胆小，我不喜欢你。”

酋长的女儿一口否决了他的求婚。

波伊亚想找天上的爷爷、奶奶和爸爸帮忙，于是就一直向着太阳移动的方向走去。终于有一天，他来到了太阳落下的地方，太平洋海边。太阳落到了海平面，出现了一条通往天上的大道。他随着大道来到了太阳、月亮和星星所在的天国。

“哦！是我们的孙子来了。”

太阳和月亮一眼就认出了波伊亚是他们的孙子。波伊亚把母亲去世的事情，人间疾病肆虐的事情和自己因脸上的疤痕结不了婚的事情，通通告诉了他们。太阳了解了这些情况以后，帮波伊亚除掉了脸上的疤痕，并给了他一支魔法笛子。

“你在心爱的人面前吹这支笛子，她就会爱上你。你要是一边吹笛子一边跳太阳舞，疾病和灾难就会消失的。”

波伊亚拿着笛子回到了人间，教会了人们跳太阳舞。他吹着笛子跳起了太阳舞，酋长的女儿就主动来向他求婚了。就这样，人间的疾病消除了，波伊亚和酋长的女儿结了婚，过上了幸福的生活。波伊亚死后，变成了天上的一颗星星。

此后，这个部落的人们经常都会跳象征和平与安宁的太阳舞。

药是如何诞生的

很久很久以前，人类和动物说的是同一种语言，他们相处得非常和睦。但是，人类为了获得食物和衣服开始宰杀动物了。动物们认为人类是它们的朋友，所以对人类毫无戒备。因此，人类可以轻易地杀死它们。

动物们不知道人类为什么要这样对它们，后来才明白人类是为了满足自己的私欲。

动物们非常生气。

"我们绝不能饶恕人类对我们犯下的罪行。"

"我们要与人类斗争！"

"对，我们也得制造武器，和人类斗争！"

熊决心制造弓、箭、枪等武器，积极地与人类斗争。

但是，存在一个问题。那就是熊的手掌不像人类的手那样灵活，它根本就拉不了弓，射不了箭。熊深思自己的手为

什么不像人类的手后，终于明白了，那是因为自己的指甲太长了。

“人类的手没有像我们这样锋利而坚硬的指甲。我们把指甲都剪掉吧。”

“好吧。”

这时，聪明的白熊说：

“我们没有了指甲，如何去捕猎，如何爬树哇？”

“啊，是啊……”

另一方面，老实的小鹿也举行了会议。小鹿实在是太软弱了，因此它们决定用魔法与人类斗争。

“以后，人类在捕杀我们之前，一定要先获得我们的同意，要不然就让他们得关节炎吧。”

鱼和蛇也下了类似的诅咒，人类要是再随意地捕杀它们，就会做噩梦。只有切罗基族在巫师的帮助下，可以逃避噩梦。

鸟类和昆虫们也开了会，想出了很多伤害人类的疾病。

但是，植物却有与动物不同的想法。

“动物们自己也在互相残杀，为什么只有人类要受罚，这不公平。”

“是啊，这样是不公平的。”

植物们遍布在所有的地方，所以它们听到了所有动物的主意。因此，它们为了帮助人类，一种植物承担一种疾病的治疗任务。

就这样，世界上诞生了疾病与药物。

从冥界回来的少女

马拉维

从前，有一个叫做马拉维的少女，她和哥哥一起守护着黄豆地，不让猴子偷吃黄豆。

有一天，守护着黄豆地的两兄妹有些口渴，就去河边喝水。转眼间，猴子跳进了黄豆地，吃光了黄豆。

马拉维生怕父母责备，于是跳河自杀了。她的父母非常伤心。

“这叫什么事啊，女儿怎么就这么想不开呢……”

正当父母悲伤地为她落泪的时候，她已经沉入了河底，来到了冥界。

马拉维在冥界见到了一位老奶奶，她在老奶奶的家里当上了仆人。过了些时候，她开始想念自己的家乡，想念父母，想念哥哥了。老奶奶能看懂别人的心事，因此一眼就看出了马拉维的心事。

“孩子，你喜欢冷还是喜欢热？”

马拉维不知道老奶奶为什么要问这个问题，她犹豫了一会儿才回答道：

“我喜欢冷。”

“那就把手放进这个坛子里吧。”

马拉维有些胆怯了，但她还是把手放入了装有凉水的坛子里了。不多会儿，马拉维的手上就沾满了宝石，于是她把脚也放了进去，过了一会儿，脚上也沾满了闪闪发光的宝石。

“好了，换件衣服吧。”

奶奶从柜子里拿出了一件新衣服，并预言说：

“在不久的将来，你会与这世界上最伟大的男人塞维亚结婚。”

马拉维回到了家乡，她的父母和哥哥都非常高兴。

村里的年轻人听了马拉维的神奇故事以后，都争着抢着要与她结婚，但都遭到了马拉维的拒绝。

有一天，患有恶性皮肤病的塞维亚找上门来，马拉维决定与他结婚。

“有钱的马拉维为什么要与得病的穷光蛋结婚呢？”

“马拉维死而复生，是不是精神有些异常了？”

人们都有些摸不着头脑。

奇怪的是，他们刚结婚一天，塞维亚的皮肤病就好了，还显现出了本来英俊潇洒的面貌。夫妻俩用宝石买了很多家畜，不久，就成为最富有的人。

周围的邻居开始嫉妒他们了。

“一个患有疾病的穷光蛋，靠马拉维的财富过上了美好的生活，实在是让人看不下去了。”

“是啊！”

嫉妒的村民杀死了塞维亚。

但是，去过冥界的马拉维很清楚如何救活自己的丈夫。

马拉维把丈夫的尸体搬到了屋里，然后念起了老奶奶教给她的咒语，不一会儿，塞维亚就活了过来。村民都以为塞维亚死了，于是就前来抢他们的家产。这时，塞维亚站了出来，赶走了村民。

马拉维和塞维亚幸福地生活了很久以后，最后毫无顾虑地死去了。这是因为，他们都经历过一次死亡，所以对死亡不会感到一丝的恐惧。

著作权合同登记号:图字01-2009-7828
本书由韩国知耕社授权,独家出版中文简体字版

图书在版编目(CIP)数据

世界50大神话 /(韩)金淑姬著;(韩)金世温绘;
金向德译. - 北京:九州出版社, 2010.1(2021.7 重印)
(精品中的精品)
ISBN 978-7-5108-0294-2
Ⅰ.①世… Ⅱ.①金…②金…③金… Ⅲ.①神话-
作品集-世界 Ⅳ.①I17
中国版本图书馆CIP数据核字(2009)第240179号

世界50大神话

作　　者　(韩)金淑姬 著　(韩)金世温 绘　金向德 译
出版发行　九州出版社
地　　址　北京市西城区阜外大街甲35号(100037)
发行电话　(010)68992190/2/3/5/6
网　　址　www.jiuzhoupress.com
电子信箱　jiuzhou@jiuzhoupress.com
印　　刷　天津新华印务有限公司
开　　本　710毫米×1000毫米　16开
印　　张　13
字　　数　125千字
版　　次　2010年1月第1版
印　　次　2021年7月第3次印刷
书　　号　ISBN 978-7-5108-0294-2
定　　价　49.90元